疏朗 著

谁使我怦然心动

一个白领女人的经典书碟之旅

中国出版集团

东方出版中心

目 录

I

蓦然惊艳

观碟：生命的独舞（后记）

阅读：尘世的修炼（自序）

有年春天，从泰山的灵岩寺给信佛的母亲请回一尊玉瓷观音。观音的神情使人动容，有种能够交流、慈悲、平和的感觉。她是从诸多观音像中跳进我的视线的，佛家曰缘，即如此吧！灵岩寺的和尚为她开光时，我站在一旁，亲见了这个佛家礼仪，和尚的手语和梵文我不懂，但读懂了他的虔诚。

后来，观音便供奉在家里的案几上，初一、十五，屋子里便飘起极好闻的供香味。

我也读些类如《般若波罗蜜多心经》打发时间，间或和她凝视，与她问答。

问佛：如何修身？佛曰：诸情皆备，诸情皆忘，乃与佛有缘。

宗教有一种至纯的境界，这种境界我不愿涉足。许久以前，一个书法大师曾断言我"与佛有缘"。可我根本就不是烧香礼佛的人，我缺乏向佛的虔诚。宗教，原是精神层面的事情，而我的精神层面，供奉着自己的"佛"。

阅读，正是我尘世的修炼。

依然不那么虔诚。我的阅读是享乐式的，靠愚钝的悟性，读到什么是什么，得到多少是多少。所幸，至今没成为书呆子。

很早就开始了懵懂的阅读生活。或许对好东西有着天生的敏感，有些读不懂的名著，先翻名著的小人书版。现在家里还藏着早年天津美术出版社的整套《红楼梦》和首发的中文版的《丁丁历险记》，还有《伊利亚特》、《奥德赛》，这些小人书伴我走过我的童年与少年时光。十四五岁，在人生的花季雨季时，开始感受到阅读的痛苦。记得那年的暑假，读奥地利作家茨威格的《一个陌生女人的来信》和犹太女孩安妮的《安妮·弗兰克日记》，竟然读懂了。那种读懂——佛家云"开窍"——原来是一种很痛苦的事情。不仅痛苦，而且使我许久走不出青春期的忧郁。

后在大学读中文，参加了一个书评小组。参加它的惟一原因，是可以在图书馆里一次借阅15本书，而一般学生只能借5本。那是个"吃"书的年龄，冲出高考的束缚，思想的胃口大开。那个年代，现代派正传入中国，各种思潮从西方涌来。正如今天的小资们心口相传的卡尔维诺、纳博科夫、昆德拉、弗洛伊德、海德格尔、尼采……他们的名字是大学生们的"接头暗号"。其实许多书籍我是在中学时代读完的:《俊友》、《红与黑》、《瞿秋白文集》……我是惟一一个可以在语文课上看《儒林外史》这样的课外书的学生,因为我总是很轻松地考高分。像幼儿时即习惯了某些口味一样,虽然大学时代各种思潮风起云涌,但我还是保有了较为自我的阅读选择。

如果将阅读看成尘世的修炼,那么这种修炼真地很孤独。朋友写给我一段话,让我很感动:有一种阅读是一种流浪,是一种自我放逐,让人渐渐从人群中疏离出去,成为沿着街边默默行走的那一个。因为有一种阅读,带给人的是疼痛,让人在疼痛中清醒,在清醒中疼痛。被书疼醒的人,再也无法入睡,会陷入精神失眠。那些会让人疼醒的书,文字里常常裹挟着寒气。读这种书的人,在心里,会形成一道春风不度的雪线,会有一个角落慢慢变凉。那里人迹罕至,什么也不能温暖。

阅读是以别人之酒杯,浇自己之块垒。看进去了,仿佛上装的戏子,水袖一甩便人戏不分了。看《卡门》,我是那个鬓角斜插花朵的吉普赛女人,当若瑟的刀向我刺来时,我微笑着迎上去,看血淋漓了胸襟。爱已远去,为什么还要生命?看《苔丝》,我是那个单纯的乡村女孩,在密林深处被杜伯维尔诱奸,又被深爱的安琪儿抛弃。爱已远去,为什么还要坚守?看《法国中尉的女人》,我是那个声名狼藉的女人莎拉,一束散乱的花。爱已远去,为什么要等待着一个男人去收束?我还是安娜·卡列尼娜,是拉拉,是凛子,是洛莉塔,是埃里卡,是小吸血鬼克劳迪娅……

每本书都会叫我沉溺若干时间不能自拔，那段时间我是书中的"她"，快乐着，痛苦着。我用无数个方法死过无数次，每次又精疲力竭地返回尘世。但我已不习惯现实世界某些热烈的情感——如果在书中走失，还可以找到回来的路。如果在现实世界中走失了呢？

朋友跟我讲她的情爱故事，讲那个男人，那个她生活之外的男人，是如何地叫她牵挂。他在A市，她在B市，没法经常见面。她每天都在等他的电话或短信。哪一天没他的信息，她会焦躁不安，会愤怒，会忧郁，会感到生命黯然无光。最主要的是，她的心事无人诉说。有许多次，她几乎对枕边的他冲口而出：我喜欢上了一个人……但她还是含着泪将话吞进肚里。说出那个男人，足以掀起她生活中的海啸。

她消瘦了。她思念那个男人，闭上眼，他们在一起的细节就会呼啸而来。追着她，撵着她，撕咬着她，吞噬着她。

她迷失在与他一起的细节中，以致不能再接男人的电话。她一听到他的声音，忍不住要哭泣。

她的目光空洞而狂热，给我讲述和他在一起的事情，那种不能自抑的情感与浪漫无关，是生命中不可承受之轻。

我只能作为她的倾听者，甚至没法给她以慰藉。

半年后，当丁香花开放的时候，又见到了她。神色平静，清丽依然，曾使她疯狂不已的事情仿佛从未发生过一样。我怀疑自己听了一个梦。她不再提那个男人，他们之间到底怎样了，我不知道。但我肯定，她和他——已经结束了。看看她清冽的眼神，你会明白一切。

如凤凰涅槃。这种经历也是尘世的修炼吧，它使女人丰韵，成熟，如累累果实，饱经风霜挂在枝头。

正如我在《飘：女人生命中的男人》中写的："是男人痛苦了女人，是男人磨砺了女人，是男人风情了女人，是男人成熟了女人——是男人点燃了女人，使她成为一个'有故事'的女人。"

尘世的修炼方式有多种，阅读并非惟一，但它却最合适我。就像拉丁舞与瑜伽，我选择瑜伽。阅读，也并非纯粹精神层面的事情，它根本就与尘世分不开，如一只手的两面，手心是尘世生活，手背是对它艺术性地诠释与表达。

读那么多关于男人和女人的书，发现自己最想做的，不是人，不是仙，是狐。好吧，希望修炼成一只狐精，有些妖，有些媚，诸情皆备，诸情皆忘，穿行于正与邪之间，可退可进。向左转，是仙，向右转，是人……

悄 然 心 跳

《飘》
女人生命中的男人

阅读一本书，如收割一片麦地，书页哗哗地翻过，如割麦的嚓嚓声。我从没割过麦，但却在臆想中将阅读喻为收割，想象阅读的快感一如挥镰。

原谅我，面对着坚实而丰饶的《飘》，我的确感到自己是在面对一望无际的麦田。一块由女人耕种出来的金黄的麦田，1936年成熟的麦田。70年来，无数读者在收获着麦子的香甜，我是其中之一。

《飘》以美国南北战争为背景，写男人和女人，写爱情与死亡。厚重的书，哪怕能读懂一点儿，也总能使你明白一些重要的事情。尤其是女性读者，读《飘》，一定要读懂思嘉；读懂了思

嘉，也就读懂了女人，读懂了自己。

思嘉太美，美丽的女人总是被众多男人围绕着。而她需要的，只有一个。思嘉这把散乱的女人花，只等"那一个"男人去收束。

不是所有的女人都清楚自己需要什么样的男人的。聪明的思嘉，其实傻得可爱。她的占有欲使她以为她爱艾希礼，可事实一再证明，能把握她收束她给她幸福的，是深爱她的瑞德，那个一脸坏笑无所不能的男人，而非温文尔雅的艾希礼。艾希礼属于媚兰，一尊有神一样道德的女人。

这就是男人与女人的不同，男人们似乎更清楚自己需要什么样的女人。所以艾希礼理智地选择了适合他的媚兰。

所有看过《飘》的人都会记得那个场景：在那间"无人的"藏书间，思嘉急切地向将和媚兰订婚的艾希礼表白自己如何爱他，遭到艾希礼的拒绝后，16岁的思嘉大为恼火，一巴掌打过去，将红红的掌印印在他白皙而疲倦的脸上。艾希礼一声不响地走了。思嘉十分生气——那气多半为了失去的面子，于是抓起只瓷碗，掠过了沙发狠狠地向对面的壁炉掷去。沙发后传来瑞德的声音："这就太过分了。"

如此张扬的女人！这是思嘉与瑞德——她生命中最重要的男人——的正式见面，很经典，叫人回味无穷。这个美丽的小妇人的桀骜不驯抓住了瑞德的心，仿佛镜中观己，激发他征服的狂想。

思嘉是一丛狂野饱满的女人花，叫人一睹难忘。她身上流淌着不羁的血液，绿眼珠里燃烧着热情的火焰，美丽而虚荣，坚强而任性，爱起来会狠狠地爱，恨起来会狠狠地恨，占有欲和生存能力极强。

为了家族的利益和自己的利益，她毫不犹豫地抢走了妹妹的男朋友，可恨。同样，为了生存，她打扮得千娇百媚掩饰困窘，虚情假意地去诱惑瑞德，可爱。后来她照顾病重的媚兰，赶着马车艰难地行走在战火与泥泞之中时，又是那么可敬……一本《飘》读下来，也许你最敬爱媚兰，但你会牢牢记住的是思嘉。

可思嘉就是不明白自己需要什么样的男人。一再雄心勃勃地试图驾驭艾希礼这匹不属于她的疲马，以至于她和瑞德的爱情焕发出一种叫人眩晕、曲折迷离的光彩。

当她和瑞德的婚姻危机重重时，瑞德痛心地道出这番话："你有没有想过，我是怀着一个男人对一个女人的爱所能达到的最高程度在爱你的，爱了那么多年才最后得到你。……我爱你，但是我又不能让你知道。思嘉，你对那些爱你的人总是很残酷的。你接受他们的爱，把它作为鞭子举在他们头上……真想照顾你，宠爱你，凡你想要的东西都给你。……事情很明显，我们俩是天生的一对。我明明是你的那些相识中惟一既了解你的底细又还能爱你的人——我知道你为什么残酷、贪婪和无所顾忌，跟我一样……"

"我爱你，但是我又不能让你知道。"——这是我所读到的情话中最动人的一句了！

如果你是思嘉，你会牵手瑞德还是艾希礼？

可女人总会不惜以身试情，像飞蛾扑灯，明知那是焚身的火，也要扑将过去，将爱演绎得惨烈无比。

《飘》的作者——像玛格丽特·米切尔这样的聪慧女子需要什么样的男人？米切尔曾喜爱上一位狂放不羁、放纵新潮、让她销魂的橄榄球选手，由此，开始了一段纠缠不休、痛苦屈辱的婚姻生活。

后来她遇上慧眼识珠的广告人约翰·马什，马什以自己的全部精力和生命为代价去拥抱玛格丽特·米切尔的才华，在《飘》的整个创作过程中，他是玛格丽特·米切尔忠实有加的书稿编辑；在《飘》问世之后，他是玛格丽特·米切尔勤奋辛劳的秘书，以致后来身体瘫痪，他把自己的全部智慧和生命都融入到了米切尔的生命之中和《飘》的字里行间。

没有约翰·马什，也就没有这部厚重、坚实的杰作。没有《飘》，也便没有轰动世人的电影《乱世佳人》，也就没有费雯·丽塑造的刚强而妩媚的思嘉。

费雯·丽——顶级美女需要什么样的男人？18岁的费雯·丽嫁给31岁的律师霍尔曼，其实霍尔曼根本无法理解费雯·丽内心潜藏的不可遏制的激情，他要求她放弃舞台，安心地做霍尔曼夫人。这种要求与费雯·丽的情感相悖，并最终导致这次婚姻的决裂。

霍尔曼之后，她与劳伦斯·奥立佛的爱情如夜空里的礼花，绚烂至极，刹那间划亮天际。

费雯·丽的一双眼睛闪烁着绿色的火焰，她具有倾城倾国之美；而奥立佛饰演过不朽的哈姆雷特和《蝴蝶梦》中的德温特先生，宛如艺术殿堂里的王子。费雯·丽无视自己在银幕上的成就，仰视他如仰视一尊神，她坚信她与奥立佛炽烈而忘我的爱情能够经受住一切考验。20年后，当她发现自己错了时，竟难以置信。

一次次忘我地置身于角色中的费雯·丽终于病了，没有人知道她脆弱而又紧绷着的神经何时会突然崩溃，她拍《乱世佳人》时染上的肺结核也更加严重了。奥立佛开始感到了无能为力，最终提出离婚离她而去。这是费雯·丽生命中的又一个男人，一个使她的生命焕发出异彩的男人，她最为挚爱的男人。他的离去使费雯·丽濒于精神崩溃。

此时，她在美国邂逅了20年来一直为她的美貌所倾倒的、名不见经传的男演员约翰·梅里德尔，就是这个平凡而普通的男人，安慰她，照顾她，让她远离诱发她精神疾病的压力，并且——他爱她，就像她从未涉足于爱河！费雯·丽在她生命最后7年的选择，使这7年能远离演艺界的喧哗，充满安稳与宁静。

《乱世佳人》是好莱坞影史上最值得骄傲的一部旷世巨片，影片放映时间长达4小时，观者如潮。其魅力贯穿整个20世纪，因此有好莱坞"第一巨片"之称。在1939年的第12届奥斯卡奖中一举夺得8项金像奖，轰动美国影坛。这部耗资巨大，场景豪华，战争场面宏大逼真的历史巨片，以它令人称道的艺术成就成为美国电影史上一部经典

作品，令人百看不厌。

女人的故事总关男人。没办法，是男人痛苦了女人，是男人磨砺了女人，是男人风情了女人，是男人成熟了女人——是男人点燃了女人，使女人成为一个"有故事"的女人。

女人的生命中或许不止一个男人，但她所需要的，只是"那一个"。她一生等待的，也正是"那一个"——那个有一只能够依靠的肩膀、即便在乱世里也能叫她安稳的男人。

【精彩片段】

现在她可追忆到许多年前，看见她自己穿一件绿底白花细布衣裳站在塔拉的阳光下，被那位骑在马上的金光闪闪的青年吸引住了。如今她已经清楚地看出，他只不过是她自己的一个幼稚幻影，并不比她从杰拉尔德手里哄到的那副海蓝宝石耳坠更为重要。那副耳坠她也曾热烈地向往过，可是一旦得到，它们就没什么值得宝贵的了，就像除了金钱以外的任何东西那样，一到她手里就失掉了价值。艾希礼也是这样，假使她在那些遥远的日子最初就拒绝跟他结婚而满足了自己的虚荣心，他也早就不会有什么价值了。假如她曾经支配过他，看见过他也像别的男孩子那样从热烈、焦急发展到嫉妒、愠怒、乞求，那么，当她遇到一个新的男人时，她那一度狂热的迷恋也就会消失，就好比一

片迷雾在太阳出现和轻风吹来时很快飘散一样。

【经典对白】

思嘉：上帝为我作证，上帝为我作证，北佬休想把我整垮。我要挺住，等熬过这一关，我决不再忍饥挨饿，也决不再让我的亲人挨饿。哪怕我得去偷，去杀人——请上帝给我作证，我无论如何不再忍饥挨饿了。

《不能承受的生命轻》
男人和女人的战争

托马斯是一个叫人很无奈的男人。他年轻，有魅力，喜欢过自由自在无拘无束的生活——越是这样的男人越招女人喜欢——像《走出非洲》里的丹尼斯，他的本性使他没法承诺一个女人，给她一个稳定的生活，一个平和的心境，一副可以倚靠的肩膀。或许正是由于自由与洒脱，使得托马斯这样的男人成为女人心中一道无法拒绝的风景，一抹无可奈何的微笑。

但是托马斯遇到了特蕾莎，一场男人与女人之间的战争便开始了。这场战争旷日持久，相伴一生。我常常想，为什么男人和女人之间会有这场战争？——因为爱吧？！只有爱才能使人疯狂、不理性，叫人吵闹，打架，甚至于殉情。遇到特蕾莎之前，托马斯有几个固定的女友，他轮流去和她们幽会，其中最固定

的情人，是画家萨宾娜。托马斯许多年前经历过一次婚姻，遇到特蕾莎之前，他的单身日子过得很逍遥。

托马斯是布拉格的外科医生，特蕾莎是远离布拉格的某小镇上的餐馆服务员。两人相爱的几率之低无法估算。但人就像一粒尘埃，在午后的阳光里轻舞飞扬。它总要落在何处。尘埃落在哪里只是一个偶然，这一点，尘埃没法选择。它无法选择自己的落脚点，仿佛人无法选择他的命运。于是，托马斯这粒尘埃遇到了特蕾莎这粒尘埃。但那真的只是一个偶然吗？——特蕾莎最终选择布拉格和托马斯，这种偶然里是不是一定蕴藏着必然？

茫茫人海中，一个人爱上另一个人，难道仅仅是一种偶然吗？不，其中一定有种必然，只是不为人知！其实，书里有许多地方暗示着特蕾莎肯定会爱上托马斯，只是我们没有注意到：托马斯坐在那个小餐馆里，恰巧是特蕾莎给他送白兰地，当时托马斯的手边正好有一本打开的书，而收音机里正播放着贝多芬的音乐。书、贝多芬，对于特蕾莎而言，正是意味着她对世界"另一面"的想象！所谓"另一面"，是有别于那个小镇、她周围庸俗的人群、那个她急于逃离的母亲……那样的"另一面"。正如高考录取通知书是许多学生通向世界"另一面"的通行证一样，书和音乐是特蕾莎对世界"另一面"的想象，而托马斯则成为她实践这一想象的通行证。

于是，特蕾莎夹着一本《安娜·卡列尼娜》来到布拉格，找到托

马斯，两个人开始做爱，特蕾莎患了流感，然后，顺理成章地在托马斯家里住了下来……

爱情从来不是对等的。当特蕾莎一心一意地爱着托马斯时，托马斯却在为打破了往日的平衡而苦恼。当然，他也爱特蕾莎，他觉得特蕾莎像是装在篮子里顺流而下的孩子，是上帝送给他的一个礼物。他接受了这个礼物，却为如何安置它而烦恼。特蕾莎走进他的生活后，再和其他女人幽会时，他会走神；和萨宾娜做爱时，他会偷偷看表。

无法理解托马斯的爱情。托马斯与特蕾莎灵魂上默默对视，身体上却写满了叛逆。即使他由于政治原因被当局打入另类，从一个外科医生变成一个玻璃擦洗工，他还是在不断地"遭遇"着各种女性。当他带着女人下体的气味回家时，特蕾莎悲哀极了。特蕾莎像一只乖巧纯真容易受伤的小鹿，哀伤而绝望地爱着托马斯。她说：下次你再去找那些女人，带我去行吗？我帮你给她们脱衣服。无望至此，直教人无奈叹息。

《不能承受的生命之轻》（上海译文出版社2003年版）是一本叫人不安的书，阅读它，会使你焦灼，恐慌，因为这本书在肆无忌惮地诠释着背叛，它足以打碎你对爱情固有的理解。托马斯背叛特蕾莎，特蕾莎背叛托马斯，萨宾娜背叛弗兰茨，弗兰茨背叛他的妻子……爱与恨，情与欲，灵与肉，婚姻的本质即背叛？或者，背叛

是人的本性?

强者在背叛，弱者也在背叛。男女之爱充满了不可解的神秘——背叛并快乐着，背叛并热爱着，背叛并和谐着，背叛并被背叛着。

背叛着并生活着。

虽然托马斯身边的女人如云，但最终都如烟般消散，包括萨宾娜，也离开捷克远赴美国。后来她在异国他乡闻知托马斯和特蕾莎的死讯，不胜其悲，那种情感，是她生命中不能承受之轻。依偎在托马斯身边的，最后只剩下特蕾莎。

特蕾莎虽然柔弱，并她并非生活中的弱者。到后来，两个人被放逐在一个偏僻的农庄，她和托马斯已变成地道的农民，过着朴实的农家生活时，她看到了托马斯的苍老，开始反思自己对托马斯的爱情：她召唤他一步一步随着她下来，像山林女妖把毫无疑心的村民诱入沼泽，然后把他们抛在那里任其沉没。她还利用那个胃痛之夜骗他迁往农村！她是多么狡诈啊！她召唤他跟随着自己，一次又一次测试他，测试他对她的爱；她坚持不懈地召唤他，以致现在他就在这里，疲惫不堪，霜染鬓发，手指僵硬，再也不能捉稳解剖刀了……这种对爱的回想，成为她不能承受的生命之轻。

男人和女人的战争啊，当双方开始讲和硝烟暂息时，生命的尾声已悄悄临近。

明明知道那个男人在背叛着她可还是绝望地爱着他，恋爱中的女

人最慷慨、最富有牺牲精神。

现实中不断上演着这样的爱情故事。

《不能承受的生命之轻》在1988年被美国导演菲利浦·考夫曼改编成电影，中文名《布拉格之恋》。饰演托马斯的是"欧洲情人"丹尼尔·戴·刘易斯。

银幕上的托马斯瘦削而结实，冰蓝色几乎透明的眼睛，狡黠着、放荡着、忧郁着。无论是道貌岸然地站在外科手术台上，还是被放逐为玻璃擦洗工，他一直魅力十足，四处搜寻猎物。刘易斯曾和法国第一美女伊莎贝尔·阿佳妮有过一段甜蜜时光，并育有一子，其间夹杂着与薇诺娜·赖德、朱丽娅·罗伯茨的绯闻。后来，刘易斯与著名的美国作家阿瑟·米勒的女儿结了婚。

像他塑造的托马斯一样，刘易斯也是一个背叛并快乐着的男人，想必每一个爱过他的女人都会深刻体会到何谓生命中不能承受之轻——阿佳妮至今都不愿在公开场合承认她和刘易斯有一个儿子。

饰演特蕾莎的是朱丽叶特·比诺什，她有一双坚定、神情专注、含情脉脉的褐色眼睛，她沉默寡言，很少大笑。她那紧闭的双唇和意味深长的微笑，让人永远无法体会她的内心是怎样一个神秘莫测的世界。1986年的冬天，比诺什围着大围巾，只露出两只眼睛，独自走过巴黎的街头，被迎面走来的年轻导演卡拉卡斯一眼相中，成为《卑贱的血统》的女主角，两人也成为恋人。随后她又在卡拉卡斯耗时三年

的大制作影片《新桥恋人》中担任主角。1991年，随着影片的面世，这对令世人羡慕的恋人也宣告分手，那段感情成为她生命无法承受之轻。

《布拉格之恋》——名字太诱人了！充满小资的符号和浪漫的气息，中译名还有一个叫《布拉格之春》。"布拉格之春"在历史上是一个著名的政治事件，是俄国对捷克的入侵，是一场弥漫着硝烟的战争。而我从昆德拉的书籍和考夫曼的电影里，却看到了另一场没有硝烟却更为永恒的战争：男人和女人的战争。

由于昆德拉，我对那个陌生的国度捷克和陌生的地域布拉格充满了爱情。由于考夫曼，我对瘦削的男人和褐色眼睛的女人充满了爱情。

【精彩片段】

她在熟睡中深深地呼吸，紧紧地攥紧着他的手（紧得他无法解脱）。笨重的箱子便立在床边。他怕把她弄醒，忍着没把手抽回来，小心翼翼地翻了一个身，以便好好地看她。他又一次感到特蕾莎是个被放在树脂涂覆的草篮里顺水漂来的孩子。他怎么能

让这个装着孩子的草篮顺流漂向狂暴汹涌的江涛？如果法老的女儿没有抓住那只载有小摩西逃离波浪的筐子，世上就不会有《旧约全书》，不会有我们今天所知的文明。多少古老的神话都始于营救一个弃儿的故事！如果波里布斯没有收养小俄狄浦斯，索福克勒斯也就写不出他最美的悲剧了。

　　托马斯当时还没认识到，比喻是危险的，比喻可不能拿来闹着玩。一个比喻就能播下爱的种子。

【经典对白】

　　特蕾莎：带我去找她们。

　　托马斯：找谁？

　　特蕾莎：其他女人。当你和她们做爱时，带我去，我帮你脱她们的衣服。我愿意。我向她们敬礼，我把她们带回来！我做一切你喜欢的事。当你在玩弄她们时，她们的身体会变成怎样？

　　托马斯：特蕾莎，你在胡说些什么！

　　特蕾莎：我知道你有别的女人，我知道。你不能骗过我的。每天我告诉自己，没有事，并不重要，只是玩弄而已！他爱我，他爱我！但我受不了！我努力去试了，但不能！

《法国中尉的女人》
激情与勇气

法国中尉的女人

花城出版社

　　在维多利亚时代，一个女人那样孤独地站着，需要绝大的激情和勇气。没有激情，无以表达心中的渴望；没有勇气，便不会有站立的姿态。

　　《法国中尉的女人》这张碟给人印象最深刻的，是莎拉（梅丽尔·斯特里普饰）独立在风浪拍击的防波堤上，一袭黑衣，一张苍白的脸，一双惊恐不安的眼睛，盛满渴望的转首回望。当然，莎拉回望的不是自己，而是叫莎拉"当心，站在那儿很危险"的贵族青年查尔斯（杰洛米·艾恩斯饰）。

　　当时，查尔斯正挽着年轻漂亮且富有的未婚妻欧雷斯蒂娜在附近散步，忽然看见站在风浪拍击的海边防波堤上的家庭女教师莎拉。莎拉无当时维多利亚女性应有的娴静、顺从和羞涩，却有着维多利亚时代女人少有的激情：她阴沉、带有悲剧性的面孔虽无绝代佳丽的姿色，但她以其神秘、深沉和难以捉摸而另具魅力。那浓密蓬松的头发垂落至肩，白得惊人的皓齿不时神经质地咬几下红唇，高高的颧骨上泛起一片潮红，还有那双略微眯缝的眼睛散发出与众不同的气质，迷住了两个世纪的两个男人。

莎拉站在那儿，似乎就是为了等待查尔斯。莎拉的出现，仿佛就是为了拆散查尔斯的姻缘，败坏查尔斯的名誉。她如同谜一般地闯入他的生活，之后又谜一般神秘地从他的生活里消失了。

男人们就是喜欢解读谜一样的女人，像读一本猜不透底细的书。当然，这种解读要他付出可观的代价——查尔斯最终与未婚妻解除婚约，承担着身败名裂的后果，追随莎拉；但莎拉此时竟然像空气一样消失得无影无踪。

这个女人既虚伪又真诚，既纯洁又堕落，既孤立无援又野心勃勃，既浪漫迷人又讲求实际。不仅查尔斯，连我都被这个女人特立独行、我行我素的个性迷住了。自以为从开始就看穿了结局，但结果还是感觉自己上了当：莎拉为什么拒绝到手的幸福？他们之间所发生的，是不是一见钟情的爱情？

我是相信一见钟情的。比如《情人》中的法国女孩和中国北方男人，比如《廊桥遗梦》中的那个摄影师和那个家庭主妇……但莎拉太独特了，在那个表面上苛求人们清心寡欲的维多利亚年代，莎

拉以孤绝的姿态站在海边，向着风浪狂吼的大海眺望，将自己的心思坦陈给英国南部滨海小镇莱姆，从此成为被人所不耻的"法国中尉的娼妇"，被小镇的居民所唾弃。当她面朝大海时，心里究竟在想什么呢？诅咒那个始乱终弃的法国中尉？回味曾经被爱的感受？还是渴望被下一个爱情救赎？……

莎拉在等待。——等待一个能够解读她的人，她将为他释放一生的激情。此时出现的恰好是查尔斯。在查尔斯的眼里，她是那么另类，有思想，充满野性。那么，她等的就是查尔斯。查尔斯以后的命运将被这个黑衣女人紧紧地攥在手里。从另一方面讲，查尔斯像一只被设计的鱼，而鱼生来就是要等待鱼饵的出现。这是宿命。

于是这样想：每一个女人都是站在防波堤上的莎拉，各自以自己的姿态站立着，等待她一生中的那个男人。等待中的女人，是一座随时可以爆发的火山，积蕴着所有的力量，静候着喷发的那一刻。那人或许会来，或许永远不会来；所以，那座火山可能会爆发，也可能——永远地沉默。

不是每个女人都保有等待的激情和勇气。《纯真年代》里的埃伦从阿切尔身边逃走，《法国中尉的女人》里安娜从迈克身边悄然离去，《茶花女》中的玛格丽特永诀了心爱的阿尔芒，《安娜·卡列尼娜》中的安娜最终苦于等待，跳下了铁轨……莎拉背负着众人的耻笑，仍在等待着，那是怎样的激情和勇气！

　　该片编剧哈罗德·品特不愧为英国戏剧怪才，他结构的戏中戏的确出乎人们的意料：主线是查尔斯和莎拉在一百多年前维多利亚时代的爱情故事，两个有情人历尽艰辛终成眷属；副线是演查尔斯和莎拉的演员迈克和安娜的爱情故事，这对情侣随着影片的杀青而曲终人散。

　　没法接受影片那光明而俗套的结尾，据说原书有三个不同的结局。于是翻找福尔斯的原书。书却遍寻不到，只好下载了一个百花文艺版的电子版本，有约翰·福尔斯1985年写的中译本前言，还有中译者刘宪之、蔺延辛写的长长的译后记。

　　于是阅读到约翰·福尔斯设计了三个结局：

　　第一个结局在书的第四十四章，查尔斯从伦敦的返程中路过埃赛特，却没有停留，而是返回莱姆，和蒂娜结婚并生了七个儿女，过着美满的生活。这种传统式的结局显然是为作者所嘲弄的。

　　第二个结局在书的末尾，查尔斯见到居住在画家家里并成为画家的助手的莎拉，发现莎拉给自己生了个女儿，有情人终成眷属。

　　第三个结局是不确定的，查尔斯见到莎拉后请求与她结合，却遭到拒绝，她说，她决心终身不嫁，因为婚姻将剥夺她的自由，使她失去自己的独立和孤独。

　　作为女人，我更欣赏第三个结局，欣赏莎拉长长等待后坚定的拒绝。此时，最为孤立无援的，不是莎拉，而是查尔斯。查尔斯才是

站在心灵防波堤上的"莎拉"。

……

暗夜中，用手机拨打了一个长长的电话，讲一个关于等待的故事。听到自己的声音，如漫天烟花哗然坠落。电话那端的人是否在说，在说什么，都无关紧要。我只想找个遥远的人，说一些遥远的事，让不相干的事情，充实这一瞬间。

烟花坠地是沉寂。脚边的万头菊明灿灿地在黑暗中闪亮，使人一怔，仿佛能洞穿人的心事。说了许多话，其实都无关紧要；惟一想说的，是关于刚刚看完的《法国中尉的女人》，和它的第三个结局。

【精彩片段】

她转过头来看了他一眼，或者说，查尔斯觉得是她盯了自己一眼。查尔斯对这第一次见面久久难以忘怀。难忘的并非是那张脸上意料之中的东西，而是意料之外的印象。在他们那个时代，最受推崇的女人面容是文静、柔顺、腼腆。那张脸不像欧内斯蒂娜的那么漂亮。不论什么时代，也不管用什么样的审美标准衡量，那确实不是一张漂亮的脸蛋儿。但那却是一张令人难忘的脸，一张悲凉凄切的脸。那张脸上所流露出的悲哀，正像树林中所流出的泉水一

样，纯净、自然、难以遮拦。那张脸上没有矫揉造作，没有虚情假意，没有歇斯底里，没有骗人的面具，最重要的是，没有神经错乱的痕迹。神经错乱、疯狂只属于那茫茫的大海，那一望无际的天涯。那种自作多情的悲哀，正如泉水淙淙而流的本身是自然而然的事情，但要把它从沙漠中汲出来就不自然了。

　　事后，查尔斯总觉得那一眼具有穿透一切的力量。当然，这样说并不是指目光本身，而是指它的效果。在那一瞬间，他觉得自己被对方看成了面目可憎的敌人，被一眼看穿，活该被刺透、被消灭。

【经典对白】

　　莎拉：我一直期待这一天，我对你一见钟情。

　　查尔斯：我也是。我要去林城告诉她（指查尔斯的未婚妻）。你给我一天时间——你等我回来。我一定回来，我明天回来！

　　莎拉：你做你要做的事吧。只要你爱我，我能忍受一切。你给我活下去的力量！

《一个陌生女人的来信》
除却巫山不是云

个女人一生中的 **24** 小时

　　天气阴霾，有雾。东方航空公司的一架飞机失事。两天前我刚刚乘坐过东航的飞机，听到这个消息十分郁闷。什么事情都不想做，开始看前几天无意中从音像店淘到的碟：*Letter From An Unknown Woman* ——《一个陌生女人的来信》，中译为《巫山云》，一部1948年的黑白片。一个多小时的时间内，女主角从一个害羞胆小的纯情少女变成贫病交加的沧桑妇人，怅然想起英国作家劳伦斯的一句话：爱是一次旅行。旅行，这个词着实浪漫，然而很沉重——爱之于此片中的女主人公（简·芳登饰）而言，不仅是一场没有预约和准备的旅行，而且，还是无法返回、无人陪伴的单程。

　　影片改编自奥地利作家茨威格的同名中篇小说，这篇小说我在15岁那年的暑假里翻过，很后悔，竟然读懂了。

于是记住了这个作家的名字，因为他曾承载了我生命中的一段花季雨季。后来到处找他的书读，直至工作后，还在不经意地寻找：《昨日的世界》、《人类群星闪耀时》、《象棋的故事》……寻找最初的阅读感受，仿若追寻永远无法返回的15岁，以及那年夏天留下的深刻记忆：暴雨摧毁的泥墙，墙那边帅气的邻家男孩，互相交换的唱片和名著，其中有《一个陌生女人的来信》……

黑白片有一种不可言说的穿透力，润泽的画面让你感到时光的汩汩流逝，仔细品味，简·芳登的脸孔美得叫人心驰神往，而路易斯·乔登含情脉脉的眼神则让人意乱神迷。

爱情是匆匆而至的不速之客，它会因一个眼神、一句话语、一丝微笑，便将彼此揳进对方的心灵，于是，开始品尝苦苦的思念，开始懵懵懂懂的初恋旅程。

25岁英俊的钢琴家史蒂芬（小说里称他R，作家），在13岁的邻家少女莎莉（小说里没名字）的眼里简直是一个不可思议的奇迹和诱人的谜！她以一个孩子的好奇窥视他的生活，刺探他的行踪，终于有一天，她整个地爱上他，永远迷上了他。如果不是小说开头那封信，史蒂芬永远不知道她是谁，不知道自己是怎样走进这个陌生女人的生命，影响了她的一生……

多么孤单的旅行啊，就像在无垠的宇宙，你渴望寻觅到自己的同类，可从未得到回音，从失望到失望……你放射着永恒的思念之波永远得不到回应。这样的旅行注定不会拥有完美的结局。

相信一见钟情。少女被邻家男子含情脉脉的微笑和柔和多情的目光迷醉，深深地爱上了他，将自己的一切献给了他。多年以后，她回首往事，仍抑制不住狂热的回忆："没有一个人像我这样心甘情愿地、一心一意地爱你。我的心始终是你的，因为世界上没有一个东西可与一个孩子暗中拥有的觉察不到的爱情相比，因为这种爱情毫无希望：低三下四，卑躬屈膝，埋伏窥伺，激情奔放，这与一个成年妇女的爱情截然不同，那种爱情充满贪欲和不自觉的贪求。只有孤单的孩子才能把自己的热情全部凝聚起来……一切东西只有与你有关才存在，我的生活中的一切只有与你相连才有意义，你改变了我的整个生活。"

在那几个月，那几年，少女的整个生活就是等待他、窥视他，她熟悉了他的每一个习惯，认得他的每一条领带、每一套衣服，认得他的每一个朋友，从13岁到16岁的每一个小时都生活在他的身上。她吻过他的手接触过的门把，她偷过他进门前扔掉的雪茄烟头，晚上成百次地找借口跑到楼下，以便看看他的哪个房间还亮着灯光。少女希望在楼梯上遇到他却又害怕见到他，害怕他那火一样的眼睛，犹如害怕被火烧到一样……

16岁时，她不得不跟着母亲和继父搬家。18岁时，她千方百计返回维也纳，开始独立生活，并且在男子住处附近找到了工作。此时

她已经是一个漂亮的姑娘，对异性之爱却毫无经历。

她制造了一次与男子的"意外"相遇。男子含情脉脉地注视着她，她以为他认出了她，记起了她，然而，他只当她是他无数艳遇中的一个，他看她的眼神永远是充满陌生的热情。

她默默地承受他的一去不复返，并为他生了一个儿子，给自己的生命带来些许安慰。第二次相遇，已是10年以后，此次她真的以为他认出了她，于是狂喜地为他放弃了现有的平静而富裕的生活。当她带着一把白玫瑰闯进她少女时即偷窥和神往的房间，怀着无比激动的心情和他说几句话后，她痛楚地意识到——这个不再年轻的浪子并未认出她是谁！

所有的思念，所有的等待，所有的寄托，所有的激情……顷刻之间灰飞烟灭。女人索然而去，桌上留着那束白玫瑰——第一次重逢时男子曾送了她一枝白玫瑰。从此，每到男人生日，她便会给他寄上一束白玫瑰。随后她9岁的儿子患伤寒死掉了，女人也在病床上奄奄一息。她悲痛地拿起笔，写下自己的遭遇……

茨威格的语言情感充沛，充满张力，宛若夏天的蔷薇绽放在我15岁的记忆之墙上，直至今日，仍然娇艳欲滴……

欣赏茨威格的洞察力，借他的目光打量一下身边的人，来玩个游戏吧，猜猜他们在做什么。比如他：上班时不断地发送手机短信，接到某个电话会神秘地压低嗓音，并且声音变得低沉柔腻，一只歌反

复地听反复地听，对某一地点了如指掌、出奇地熟悉，很晚很晚了还一动不动地挂在QQ上……傻瓜都看得出来，有个人叫他牵挂着，那个叫他牵挂的，不是他的妻。

　　这样的牵挂何尝不是孤单的旅行啊！在爱与不爱之间，在爱得深与爱得浅之间，在爱此及爱彼之间……不断衡量、不断选择、不断肯定、又不断否定。旅行开始时或许轻松而且愉快，带着跃跃欲试的向往和对新感觉的尝试踏上行程，可随着行程的深入，何时转站，何时换车，何时中止旅行——当你惊觉时已是身不由己了。

　　旅行的终点已经抵达。于是，删除QQ号，换掉手机号，不再拨打那个熟得不能再熟的电话，不再听那个熟得让人心痛的声音；如果记忆能够格式化，我想，他一定会输入format……

　　惊闻徐静蕾拍了个中国版的《一个陌生女人的来信》，并且获得了2004年西班牙电影节银贝壳奖，她是导演兼女主角，姜文是男主角。上帝真的很眷顾这个女人：一副人见人爱、老少咸宜的面孔；会写，会导，会演；有事业，有家庭。茨威格笔下的女人，是一个幽怨的弃妇，志得意满的她如何演绎多情女人的失意？姜文的形象与我想象中的作家R气质上相差万里，这是一个很"糙"的男人，缺乏男主角的风流倜傥和放荡不羁。

　　这部黑白片的中译名《巫山云》——取自唐元和年间诗人元稹纪念亡妻韦丛的诗："曾经沧海难为水，除却巫山不是云。取次花丛

懒回顾，半缘修道半缘君。"前两句被无数后来人引用过，作为坚贞爱情的宣言。其实，仔细读读后两句，便会发现这是后人对此诗的误读：诗人身边虽然有无数美女经过却毫不动心，一半是因为修道，一半才是因为对亡妻的思念！就像莎莉一再地误读史蒂芬，我们也一再地误读此诗。

爱情，因为误读才美丽？

【精彩片段】

从我接触到你那充满柔情蜜意的眼光之时起，我就完全属于你了。我后来、我不久之后就知道，你的这道目光好像要把对方拥抱起来，吸引到你身边，既含情脉脉，又荡人心魄，这是一个天生的诱惑者的眼光，你向每一个从你身边走过的女人都投以这样的目光，向每一个卖东西给你的女店员，向每一个向你开门的使女都投以这样的目光。这种目光在你身上并不是有意识地表示多情和爱慕，而是你对女人怀有的柔情使你一看见她们，你的眼光便不知不觉地变得温柔起

来。可是我这个13岁的孩子对此一无所知：我的心里像着了火似的。我以为你的柔情蜜意只针对我，是给我一个人的。就在这一瞬间，我这个还没有成年的姑娘一下子就成长为一个女人，而这个女人从此永远属于你了。

【经典对白】

莎莉：当然，生命可以被小事改变，好多事过去了，每个人都有自己的问题，好多面孔，好容易就会迷失了。我现在知道，没有事情是偶然的，每一点时间都算数，每一步都有意义。

……

史蒂芬：我们是否真的见过？在某个地方？也许是我的音乐会。一定是蛮久以前了……我觉得，请不要以为我疯了，我知道这很怪，我也无法理解。但我觉得你对我了解透彻，你能帮助我。你曾否翻搅过你的记忆，希望能找到一些尘封的过去，找到你一直在等待的人，今晚我一看到你，在黑暗之中看着你，我觉得，你一直存在我的心中某处……

《卡门》
听戈达尔滔滔自语

爱情真的是一场不可救药的热病，被感染的人无法抗拒。茨威格《一个陌生女人的来信》中写一个女人对一个男人的狂热暗恋：从十四五岁起，她就爱上了风度翩翩的作家邻居，后来两次委身与他，甚至悄悄地为他生子，在儿子病死的当晚，痛不欲生的她给那个根本不知道她存在的男人写信。同是中篇小说的《卡门》，描写了一个男人对一个女人的爱情，他为这个女人不惜杀人，做强盗，最后在爱恨交织下杀死他心爱的女人……更爱看这样的故事，看爱情是如何折磨一个男人——而不是女人——妒意蓬勃，死去活来。

很早读法国作家梅里美的《卡门》时，就被这个妖冶而凶悍的女子迷惑："她皮肤很匀净，但皮色

和铜差不多；眼睛斜视，可是长得挺好挺大；嘴唇厚了一些，但曲线极美，一口牙比出壳的杏仁还要白。头发也许太粗，可是又长，又黑，又亮，像乌鸦的翅膀一般闪着蓝光。"她身上每一个缺点都附带着一个优点，对照之下，优点变得格外显著——她是卡门。一个波希米亚女子。一个拿着纸牌算命的吉卜赛女郎。

卡门无疑是一个充满矛盾的女子：既妩媚又险恶，既柔情又泼悍，像一丛怒放的野百合。正如上文所讲，她的缺点衬得她的优点格外显著，在迷迷糊糊地爱上她的唐·若瑟眼里，她的缺点完全可以忽略不计了——恋爱中的人，智商完全降至最低点。若瑟追随她，为她杀人，为她做强盗，爱她最终竟杀死了她，同时为她交待了自己的一生——这样疯狂的爱，在21世纪纷繁的人际关系里难以孕育，在狭窄的办公室里也难以想象。

因为不可能所以才叫人向往。这部古典浪漫的文学作品，虽与现实有不可测量的时空距离，但与当代人的心灵如此贴近。

爱情必须保持焦灼的状态，保持燃烧的热度。爱情要跌宕起伏，一旦冷静了，也就消失了。

但是热病终究要痊愈，爱情的保质期终究会来临。过期的爱情如不再新鲜的食品——当那份曾异常热爱的食品变了味道，谁还会拿它当宝贝？

对于卡门来说，自由与爱绝对地统一。爱她，就要给她自由。

不自由，勿宁死。《卡门》的结尾非常震撼人心：卡门拒绝和若瑟一起远走高飞，过平静的生活，最后倒在仍然深爱她的强盗唐·若瑟的刀下，那双迷人的微斜的黑眼睛久久没有合拢。

踩着铁灰色的影子在人群中穿行，心底却将自己想成那个妖媚迷人、为所欲为的波希米亚姑娘，在曾经爱恋的情人面前铿锵宣言："作为我的罗姆（丈夫），你有权利杀死你的罗密（妻子）。但是卡门永远是自由的；她生为加里人，死为加里鬼。"

然后，倒在地上，血染草地。阔大的裙摆在草丛中像五彩缤纷的金鱼尾……

朋友说：有一种阅读是一种流浪，是一种自我放逐，让人渐渐从人群中疏离出去，成为沿着街边默默行走的那一个。读这种书的人，在心里会形成一道春风不度的雪线，会有一个角落慢慢变凉。那里人迹罕至，什么也不能温暖。

那是对沉溺于阅读者的间接批评。于是找碟来对读，看戈达尔导演的《芳名卡门》，以大师的怪诞减缓阅读的痛击。

早知道戈达尔的影片很另类，但这张碟还是叫我大吃一惊。反复看了两遍开头，都以为放错了。

那样一个充满爱恨情仇的古典故事，却叫法国电影大师戈达尔结构成非常先锋的影片——现代场景，两条线索。线索一，女贼卡门及其团伙抢银行，卡门与前来追缉的警察若瑟从搏斗到相爱，并拉若瑟入伙，若瑟不堪卡门的冷淡与背叛，最终将她击毙。线索二，四重奏乐队排练贝多芬的"C大调第九弦乐四重奏"。在排练过程中，乐队成员不断地对乐曲的音响、强弱、色彩、情感等进行评说，再加上不时的关于命运的沉思，构成了对影片中"故事"的提示和呼应——开始是弦乐的窃窃私语，到中间急速而热烈的登场，进而典雅徐缓的乐句吐露，后转为伤感的调子，主题逐渐加强，最后的结尾暗示了影片悲剧的主题——第二个线索成为第一个线索的诠释。

戈达尔的每一部片子都是一个值得阐释的迷局，《芳名卡门》也是。"你不可能拍一部没有音乐的卡门，但我不能用比才的音乐，因为用了的话，就好像只是在拍一张照片……卡门的真正主题是音乐和肉体。"在一次访谈中，戈达尔这样解释自己的《芳名卡门》，他称这部片子的主题是"音乐和肉体的调情造爱"。

戈达尔自称是"在水底思考的人"，这部影片远远脱离了原创小说的轨道，成为戈达尔的艺术与人生的哲学表达。

《芳名卡门》融入了宗教、色情、爱情与谎言、冷漠与死亡的主题，映射的是戈达尔眼中的浮世绘。难懂，而且那么杂乱——飞驰而过的夜车，日出，海浪，难解的对白……意象纷繁迭出，叙事前后颠倒，叫你无奈叫你累。

这样的电影怎会卖座呢？！戈达尔压根儿没考虑影片的商业票房，他以大师的倨傲宣称："我不会拍符合大众口味的电影。"连

他很有观赏性的《卡宾枪手》在上演１５天之内也只有区区１８名观众，而《筋疲力尽》这部新浪潮运动的宣言式的电影是戈达尔所有影片中惟一能卖座的。《芳名卡门》这部戈达尔1983年的作品，虽然获得了威尼斯金狮奖和评审团奖，它仍然不是一部上座的电影。

梅里美也不会想到，100多年后会有这么一个"怪才"根据自己的小说拍出这么一部"怪片"来。梅里美的小说留下了一个经典的人物形象，比才的歌剧留下了《卡门序曲》一曲难忘，戈达尔，你留给了观众什么？——我听到了戈达尔极端响亮的滔滔自语……

不是每个看片的人都愿意费力地解读它，如果实在太烦，那么就权当它是一部情色片，在杂乱的叙事画面中，玛卢什卡·达特默斯（饰卡门）青春娇艳的脸蛋与雅克·鲍纳（饰若瑟）匀实性感的裸体的确叫人激情澎湃。

【精彩片段】

她穿着一条很短的红裙，叫人看到一双白丝袜，上面的破洞不止一个，还有一双挺可爱的红皮鞋，系着火红的缎带。她撩着面纱，为的是要露出她的肩膀和拴在衬衣上的一球皂角花。嘴角上另外又衔着一朵皂角花。她向前走着，把腰扭来扭去，活像高

杜养马场里的小牝马。在我家乡，见到一个这等装束的女人，大家都要画十字的。在塞维尔，她的模样却博得每个人对她说几句风情话；她有一句答一句，做着媚眼，拳头插在腰里，那种淫荡无耻不愧为真正的波希米亚姑娘。

【经典对白】

卡门：当一切都消失，但太阳在升起，我们还在呼吸，那叫什么？

服务生：那叫日出，小姐。

《罗丹的情人》
悲情燃烧

狂热的爱情加上充沛的才情，可能催生一个天才男人绚烂的艺术之花，也可能毁灭一个天才女人脆弱的生命之树——看完法国作家安妮·德尔贝的传记小说《罗丹的情人》（*海南出版社2004年版*）后，如是感言。

才华对于一个女人来说是一把双刃剑，被才华这把利刃割得体无完肤、鲜血淋淋的女人并不少见：墨西哥女画家弗里达、法国小说家杜拉斯、中国作家张爱玲，还有这位"罗丹的情人"、雕塑家——卡米耶·克劳岱尔……

卡米耶，1862年生于法国。这个6岁起就开始用黏土做雕塑的女孩，10年后来到巴黎，开始展露其惊人的才华。20岁的卡米耶第一次见到罗丹，

其作品《十三岁的保罗》令他十分惊讶，随后罗丹邀请她去自己的雕塑室工作。44岁的罗丹很快爱上了比自己小24岁的学生，他租下了克洛斯·帕扬别墅，作为和卡米耶共同的工作室。

艺术与爱情如影相随。罗丹激情勃发，一年内创作了《沉思》、《吻》、《转瞬即逝的爱情》等经典之作。

仔细看一看《吻》吧，你就会明白为什么它会与《掷铁饼者》和《思想者》齐名，成为罗丹的代表作——那岂止只是相拥而吻的男女，那是一个灵魂对另一个灵魂的激情穿越。

《吻》讲述着两个人的爱情，那一刻罗丹一定对卡米耶充满温情与爱意，否则，为什么那爱的温度，遭受时间的侵袭仍然触之可及？！

可卡米耶的作品叫罗丹心生恐惧。当罗丹抚摸着卡米耶为他做的胸像时，惊呆了——许多人都为他做过胸像，惟有卡米耶抓住了他的本性：冷峻、专注、执著，还有一丝残酷的自私。

如果只为了雕塑，她并不需要他，她足以证明自己的才能。但是，对他来说，她却是他生命中不可缺少的女人——他的伴侣，他的

生命，他的灵感，他的女人！

一个有才华的男人只须对他所崇拜的艺术女神献身，爱情对他是必要的而不是惟一的；而一个有才华的女人，她不仅要紧紧追随艺术，同时要忠贞于爱情，这要命的爱情最终会伤及她一生。

卡米耶凿子下纷飞的洁白的大理石屑，不仅磨粗了她的皮肤，更磨砺了她的自尊。作为罗丹忠实的学生及伴侣，卡米耶为他做粗雕工人，为他雕《加莱义民》的手和足，为他贡献自己的灵感，甚至亲自做他的模特儿……那么，她呢？她是谁？她没钱雇模特儿，她只是"C小姐"，人们嘲笑她，攻击她的雕塑所表达的东西，在罗丹的作品里已经被表现过，连她的母亲也恶毒地咒骂她，认为她给家里人丢尽了脸……当罗丹无限风光地出现在各个报纸的头版，德高望重、受人尊敬时，她，卡米耶，只能蜷缩在床上，什么也不是。在世俗者眼里，她只是罗丹的追随者、学生和情人！

卡米耶·克劳岱尔——这个天才的雕塑家、美丽的跛足女性，罗丹灵感的源泉、最强的敌人，她悲情地将自己投入爱情之火，疯狂地燃烧着自己——那是多么悲情的燃烧啊：将自己的才华融铸进每一件雕塑作品，将自己的青春与灵感化为一场爱情与艺术的盛宴，邀请罗丹分享。

可她惟一做不到的，是和别的女人分享罗丹。她憎恨"情人"这个称谓，使她永远不能作为一棵木棉，和橡树站在一起。

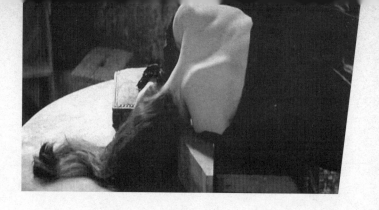

　　或许，在她为罗丹造像时已感知到罗丹的自私，对这无望的爱终于不再守望。1892年，卡米耶在爱与恨的纠缠中脱离了罗丹，成立了自己的雕塑室，开始了孤绝独立的创作之路。

　　她在作品中表达自己难抑的痛苦，她是自己所雕塑的那个干瘪的老妇人，那个未长大的少女，那个粗暴的男人——虚空的三位一体，而青春的容貌已离她而去。在罗丹沉重的阴影之下，在才华和爱情的摧残之下，卡米耶自此走向一条独自折磨的不归路。

　　卡米耶尚有工作能力的最后几年，以女性为主要创作题材的作品有《壁炉旁的女人》、《怕冷的女人》。她或许已敏感地觉察到，生命之火正渐渐变温，自己不久即会被艺术女神所抛弃。她偎依在炉火旁，颤抖着，将冰凉的身子靠过去，炉火映照着她有些呆滞的目光，墙壁上投映着她巨大而孤独的身影……

　　1906年，卡米耶毁掉了自己的全部雕塑作品，疯狂地奔走在巴黎的各个角落。1913年3月10日，春寒料峭，卡米耶的炉火早已熄灭，她被抓进精神病院，这个纤弱的女子，在那个阴森的地方一呆30年。最后30年的岁月，一个曾经充满活力和才华的女人，一点点地在漆黑中枯萎、窒息。

　　安妮·德贝尔这本书的中文本全名叫《罗丹的情人——大师光环下的悲惨人生》。作为一部纪实作品，文笔相当诗意且富有激情，文中穿插着卡米耶在精神病院里写出的信件片段，述说她难以忍受的囚

禁生活，读之真实可怖，令人悲从中来。

《罗丹的情人》这部同名影片于1988年拍竣。"法国最美的女人"伊莎贝拉·阿佳妮饰演卡米耶。阿佳妮本人不仅有令人心动的美，而且才华横溢，她曾三次摘得凯撒奖最佳女主角奖，并捧得戛纳和柏林电影节女主角奖，两次得到奥斯卡最佳女主角提名。

尤其是阿佳妮诠释的卡米耶，一半是海水，一半是火焰。她湛蓝的眼睛深邃、犹疑、绝望而寒冷，被这样一双眼睛逼视着，会叫人发疯的。

所以，不忍看那被折磨得像泼妇一样的卡米耶，深夜里冲着罗丹的窗口大喊大叫；不忍看那醉倒在地板上肮脏的卡米耶，和那浸泡在污水中的精美绝伦的雕像；不忍看那涂了满脸脂粉的卡米耶，冲进自己的作品展，发现无人问津自己作品时的深深迷茫和失落；不忍看疯癫的卡米耶，被关进疯人院的囚车时凌乱的长发和空濛的眼神……

卡米耶，发疯的卡米耶，依然美得叫人心碎……

阿佳妮饰演的大都是法国历史中那些天赋异常而内心激烈的女人，无数导演都认为她是诠释"歇斯底里、贵族神经质和迷人的错乱"最传神的演员。阿佳妮总是可以完美地将灵魂注入这些角色，她们满身伤痕，为爱挣扎。

其实阿佳妮真的和卡米耶一样很疯狂。生活中的她曾经有过非常动人心魄、足以让人黯然神伤的感情经历。这个私生活相当低调的

女人，却无法掩盖自己在情爱上易燃且脆弱的美丽：直到她的大儿子10岁时，公众才知道其父亲就是执导《罗丹的情人》的布鲁诺努·伊顿。伊莎贝拉曾经和他一起生活过一个时期，但他们始终没有结婚。

后一次恋爱则更加让人为她叹息，号称"欧洲情人"的丹尼尔·戴·刘易斯，这位有着贵族血统的英国演员，曾经与阿佳妮有过一段甜蜜的时光。不过这段郎才女貌的童话并没有持续多久，他们分手的情变曾经闹得沸沸扬扬，中间夹杂了刘易斯与薇诺娜·赖德、朱丽娅·罗伯茨的绯闻。最后的结局竟然是，阿佳妮独自生下她和刘易斯的儿子，刘易斯则与著名的美国作家阿瑟·米勒的女儿结了婚。

阿佳妮比卡米耶幸运，这个时代允许她超然世外，以惊世骇俗的方式追随着艺术和爱情。

这张碟，名为《卡米耶·克劳岱尔》，可仍被人们执拗地翻译成《罗丹的情人》。"罗丹的情人"——卡米耶极为憎恨的称呼，就像憎恨罗丹强称她的艺术是对他的抄袭。"我没抄袭你的亚当！"影片中，年轻的卡米耶一脸严肃地告诉罗丹。虽然做"罗丹的情人"给她带来的只是打击与毁灭，但时至今日，人们还是以这个方式记忆她、回想她、品味她；死去的卡米耶，依然无法摆脱罗丹的阴影……

【精彩片段】

　　他站在她的面前，一动也不动，仿佛永远陶醉在了这一刻之中，沉浸在一团烈火之中。这团烈火刚刚将他45年的岁月以及整个身心完全熔化了。从此，他的生命便和这一刻永远不分离了。他已经完全解除了武装，在这个女人面前，正处于危险之中。就像这样，这个女人刚才以一种胜利凯旋的姿态抛弃了一切。他感到自己的手臂笨拙迟缓，过于孱弱，凭他的力量根本无法阻挡住这股冲得他头晕脑胀的洪流。卡米耶还躺在沙发上，她蜷着身子，心不在焉地微笑着。他的学生卡米耶美丽动人、光彩夺目。罗丹先生感到恐惧，这种恐惧和欢娱汇成暗红色的潮流不断冲击着他。方才，好像是她在教他某些东西。他，一个男人，自以为早就知道和了解爱情、情欲和肉体之欢。不，不是真的，他其实一无所知……另一个女人、另一个地狱，他完全不知道，他再也不清楚这是怎么一回事了。

【经典对白】

　　卡米耶：选择吧，罗丹。你太太，或是我。

　　罗丹：罗丝不是我太太。你是怎么啦？嫉妒一件旧的附属品？那就不像你和我了。你我是超俗和自然的。咱们是同一类的。

卡米耶：你在做美梦，罗丹！你相信城堡里田园诗般的浪漫，而咱们是两个在废园里的鬼魂。

罗丹：你在说什么呀你？！和你在一起，我要的是平和、遗世和工作。

卡米耶：你肯离开她吗？

罗丹：如果我能的话，卡米耶，如果我能的话！

……

卡米耶：我要离开了，明天我会请人来拿我的东西和领我的薪资。

罗丹：你真是霸道！

卡米耶：过去我为你工作，现在我要为自己工作了！

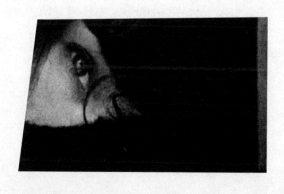

《庭院中的女人》
被一本书疏离

从没哪本书像《庭院中的女人》（上海译文出版社2003年版）那样让我有种浓浓的疏离感。两年前看过同名的电影，已有此感；两年后读此书，那种疏离感重新被唤起。

1938年，江南小镇。镇上大户人家的当家女主人吴太太过40岁生日时，开始筹划给吴老爷纳一房妾，因为她要"自由"。什么样的自由呢？语焉不详。看书上的意思，是她以后将不再以女性的身躯去伺候吴老爷，这些叫小妾代替；独自居住一个院子，睡眠不会再被那个男人打扰；可以独坐书房翻禁书……然而后来，吴太太遇见了来中国传教的洋教士安德烈（电影里叫安德鲁），确切地说，是安德烈走进了吴太太的心灵，在深宅大院里，产生了一段刻骨铭心的爱情——书中描述的两人的感情非常纯净——40岁的吴太太由此参透了人生，懂得了爱，懂得了自由……

赛珍珠是一个很会编故事的女人，她因《大地》而获诺贝尔文学奖。可是像《庭院中的女人》所写的故事实在不敢恭维，比较拙劣——稚气的理想化色彩和对于情节发展的一厢情愿的处理。

后来看了有关赛珍珠的小传，才清楚赛氏这样杜撰的必然。赛氏出生三个月即随父母从美国弗吉尼亚来到中国江苏镇江，她的父母均为长老教派至中国的传教士。从此，赛氏在中国生活了近40年，《庭院中的女人》正是以江南小镇为背景，开始故事的叙述。

由此可知，赛氏所描写的，是她心中的江南，20世纪30年代末的江南；那些人物性格，是她所感知的中国人的性格；那些人物的对话，是赛珍珠式的、美国化的、异族化的对话。反正，书里所描写的中国江南，对我来说是陌生的，因为，它不是我的，也不是你的——而是赛氏心中所思所念所想，是她的。中国20世纪30年代的江南小镇上，作为一家之主、统管家务的女人，决不会习惯于客气地对地位低下的小妾和佣人道谢，不会鼓励丈夫娶一个烟花女子进门，也不会像女学者一样沉浸于阅读，以至将此纳入"自由"的一部分……

读《红字》没这样的疏离，读《荆棘鸟》也没这样的疏离，这两本书也描述传教士和尘世女人的惊世之恋，但读得很流畅。《庭院中的女人》带来的疏离感，并不是由于翻译带来的，译笔没有任何问题。是书的风格。这是一本美国女人以中国为背景、写的关于中国女人情与爱的书，这已然造成了疏离——我相信赛氏对中国的了解，

但它还是一只黄皮白心的"香蕉"，它注定要打上了赛氏烙印，或者说，感染上异国的思想风味。

特别是结尾，赛氏真的不好安置安德烈了：如果叫他活着，他一定会爱上（从精神到肉体）吴太太，可是这样便没法收尾。于是，可爱的赛氏叫安德烈见义勇为，以身殉教；吴太太继承他的遗愿，以博爱的心收留了他所收养的孤儿们，并且，安德烈成了她灵魂的慰藉，她一直在虚空中和他对话，在心灵上与他坚贞相守，一直到老……

没法相信那情节的合理性。难怪有人说：历史上，基督教曾四次试图进入中国都没有成功；在这里，基督精神获得了虚假的胜利。

仍然喜欢这本走了样的书，你为什么非当它是上世纪中国的故事呢！只当它是童话，是寓言，当它发生在一个遥远的国度。它编织得像美丽的花环，虽易枯，却引人。

喜欢赛珍珠塑造的美丽的吴太太。她给整本书带来不可或缺的亮度。赛珍珠写她的肌肤（"娇嫩的肌肤一色的象牙白"），她的眼睛（"眼大大的，线条悠长，皂白分明"），她的气质（"那副尊贵端庄的架势里有种拒人于千里之外的气韵"），她的声音（"像百灵鸟在歌唱"）。

惊诧于20世纪的乱世里，一个外国作家竟然将目光投向封闭的中国，投向深宅大院内一个女性的内心世界，诚挚地关心她，爱她，用笔写她的睿智，写她的渴望，写她的不安，写她的柔弱，写她的孤

独和缺失的爱——她和一个男人生活了24年，从来没有爱过他。所以，在她40岁生日的时候，她做出一个重大的决定，换取"能平心静气，孑然一身，惟有一颗孤单的心儿相伴，直到终老"的日子！

这样的阅读让人感动，忽然发现，20世纪30年代庭院深处的吴爱莲（吴太太），原来内心郁积着跟现世男女同样的渴望与呐喊！

爱或不爱，都是奢侈而困难的选择。张爱玲的《倾城之恋》，将流苏和范柳原之间相爱又相疑的复杂情感渲染到极致，让读者为她捏一把汗。

所以，赛氏将吴太太与安德烈之间的爱升华成纯洁的精神之爱，虚幻中，吴太太可以尽情地向那个麻衣芒鞋的异国传教士倾诉心中的迷茫，与之灵魂相接，长相守长相忆。这一厢情愿安置的情节，自然经不起任何推敲。

2000年，罗燕以一个现代女性的电影理念，重新阐释了这部作品：大户人家的女主人与一个洋教士之间燃起了爱情之火。他们不管不顾，无怨无悔，只是由于日军侵犯，安德鲁为救孤儿们死于枪下，天终未遂人愿！

这部影片的导演竟然是严浩——那个导演过《滚滚红尘》的家伙！那个拍爱情片的高手，据说能让摄像机与演员一起跳舞。但这部片实在让人失望，抽除水乡，深宅，旗袍，小脚，花酒，社戏……这些中国特色的意象，还有什么可看的呢？！情节安排得支离破碎，人

物塑造的程式化脸谱化，三公子凤慕和"小妈"秋明的爱情表达得很苍白——结尾竟然被改编成这样：凤慕和秋明双双穿着新四军军装，手拉手自由奔跑在象征着希望的绿草地上；吴太太收留了一帮孤儿，分别给他们取上基督味十足的名字：仁慈、希望、光明、星星……

小说中所有的心理活动在电影里都不见了，以好莱坞的套路设计的一见钟情（从吴太太和安德鲁第一次对眼起，再傻的人都能看出两人很快就会有"戏"）；看戏时吴太太紧靠着安德鲁给他解说《梁祝》，那一段莫明其妙地很煽情……

如果说赛珍珠的小说还可以在疏离中吸引着读者——如地球吸引着月亮——欣赏着，享受着，那么电影则叫人在疏离中越行越远——整部片子的叙事虎头蛇尾，没有高潮，真是部闷片，离烂片不远了。

但音乐和镜头处理得十分精美，让人对江南生起无端的思念，仿佛曾经在那里演绎过生生死死、缠缠绵绵的乱世爱情。

于是，刻骨铭心地思念江南——电影以内书本以外，江南多情的雨和缠绵的风总在飘荡，叫我神思不安。

这个季节同里的退思园是什么样子？那棵一百多年的广玉兰依旧枝繁叶茂？那影片中的亭台楼榭依旧寂寥落寞？……

反复地听林俊杰的《江南》："不懂怎么表现温柔的我们，还以为殉情只是古老的传言。你走得有多痛痛有多浓，当梦被埋在江南烟雨中，心碎了才懂……"

——有些事，只能在心碎后才会懂的。

【精彩片段】

那晚她独自清醒地坐了几个钟头，没有让莺儿来伺候她上床。她不想躺在床上。她就想这么坐着，让脑筋转得飞快，一个人细细地咀嚼她刚刚悟出的道理。她爱一个男人，一个洋人，一个陌生人，一个从来没有用手触碰过她——真要是碰了，事情就不堪设想了——的男人。她一个人在黑夜里笑了很久。屋子里一团漆黑，周围一片寂静，然而，她身旁点着一支蜡烛，她的心在呐喊。

【经典对白】

安德烈：我听不懂，你翻一下唱词好吗？

吴太太：好的。这戏是讲一个姑娘，叫祝英台，女扮男装去上学。她与梁山伯同窗三年，难舍难分。

凤慕：三载同窗情如海，山伯难舍祝英台。

秋明：我能听懂！

凤慕：先生门前一枝梅，树上鸟儿成双对。

吴太太：树上的鸟儿成双对，比喻他们是鸟儿，一辈子在一起飞翔。

凤慕：你的笑容真让我心碎，无奈爹爹却将我终生配。

吴太太：千言万语在心田，满腔悲愤奈何天。我不知道如何对你说……

安德烈：你说什么？

吴太太：什么？

安德烈：哦，没什么。

凤慕：我想你，夜对孤灯不成眠；我想你，三餐茶饭无滋味；我想你，提起笔来把字忘；我想你，没你今生枉在世。我想你！

吴太太：他们被迫分开，因相思而死。死后被葬在一起，他们化作一对蝴蝶，从坟墓里飞了出来，一起飞上天去了。假如我们生不能同床共枕……

安德烈：死了以后也能同墓共穴。

吴太太：你知道这故事？

安德烈：世上的爱情故事都一样的。

《查特莱夫人的情人》
最完美的心跳

克利福德·查特莱男爵在一战中受伤，成了下身瘫痪无性能力的残疾人。他和妻子康妮隐居在老家拉格比，过着压抑沉闷的日子。康妮遇到了丈夫的猎场守护人梅勒斯，两人超越阶层产生了不可阻扼的爱情……《查特莱夫人的情人》（人民文学2004年完整版）是劳伦斯生前最后一部长篇小说，在英国被禁32年，最终扔掉"黄色下流"的"桂冠"，跨进文学经典的殿堂。

劳伦斯是写情爱的大师，情爱在他的笔底呈现出自然、纯粹、恣肆而且妩媚的姿态。在这部小说里，他凭着男性的一厢情愿，将查特莱夫人康妮改嫁给猎场守护人梅勒斯。

这该是一个阶层向另一个阶层的挑衅吧。在20世纪20年代，门户之见在古老的欧洲仍深入人心，虽然性解放已暗流汹涌，但那也只在本阶层内部通行：你可以找一个与你

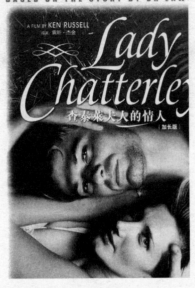

的身份相称的情人，没人觉得不合适；但如果一个贵族家庭的女主人与猎场看守人之间产生秘密爱情，当然骇人听闻！

出身下层的女看护博尔顿太太向康妮谈到自己对爱的感悟：人的一生只能爱一回，或永远不爱。

这句爱情箴言促使康妮在情感的十字路口遵从爱的指向，选择了梅勒斯。

《查特莱夫人的情人》因露骨的性爱描写引起轩然大波进而遭禁，因而该书的性爱场面吸引了大众关注的目光，而本来闪光的细节往往因此忽略。

敏感的女人对于男人的体悟可以从外部直达内心。康妮在树林深处的小木屋里第二次看到了梅勒斯，"那天他光脊梁时她在他身上看到的那份孤独，现在又在他穿着衣服的身上看到了。"康妮看到了梅勒斯的孤独，其实劳伦斯想说的是：康妮从梅勒斯孤独的身影上，看到了自己身上噬骨的孤独。

康妮再次来到林中小屋，欣喜地把唧唧叫的小鸡捧在手里，小鸡用两条细得像火柴棍似的腿站在她手上，它那微小的、飘摇不定但

却保持着平衡的生命颤抖着，从它那几乎没有分量的两脚传到康妮手上。生命的柔美使心如死水的康妮感动了，"忽然，他（指梅勒斯）看见一滴泪落在她腕上。"落泪是个重要的细节，是敏感的男人感知女人不可或缺的细节。

于是，他看到了，他理解了，他占有了……

劳伦斯在《爱》这篇随笔中写道："男女间的爱是最完美的心跳。"

最完美的心跳。

是最健康、最蓬勃、最狂野、最美好、的心跳吧？！

那应该是一种无以表达的美好。看过《查特莱夫人的情人》的读者，都不会忘记雨中做爱的那令人惊心动魄的场景：康妮冲进滂沱大雨，快速地脱掉衣裙和内衣，那动物般敏捷的尖尖乳房，随着他的动作而颤摆着。她的蓝眼睛闪着兴奋的光芒，饱满的臀部上闪着亮光，在雨中律动。他癫狂地紧搂着她，在雨水那咆哮的静谧中，迅速而猛烈地占有了她……

身体与身体的结合，是最原始的一种祭祀。没有爱，身体只是一座空空的宫殿。是爱让身体充盈，让身体苏醒！而性爱是一种对话，是男人与女人之间的最亲密的私语，是两性灵魂深处和谐的吟唱，是性别权利的无私分享与交流，是传达爱与感知爱的必经之途……就是最完美的心跳啊！

书胜于碟处，在于书能比较细腻地描绘人物的心理发展。康妮

和克利福德的婚姻生活其实一开始即陷入困境，只是尚能忍受。可是随着两个人的交流的加深，沟壑也随之加深，渐渐地，他们的婚姻不仅有名无实，而且滑向无底的深渊。事态的发展顺理成章，康妮和克利福德分手与梅勒斯结合，成为一种必然。

《查特莱夫人的情人》有多个电影版本。更有以此为名拍摄了一些很低劣的影片，如1981年贾斯特·杰克金导演的版本，基本上是一部公认的烂片。肯·杜塞尔的这个版本对当时社会阶层的状况和风景、服装、交际等描写颇为传神，又比较忠实于原著，为众家影评人所称道。这里介绍的就是这个版本。

肯·杜塞尔一向以拍摄音乐家的传记电影闻名，如影片《音乐恋人》（柴可夫斯基）、《马勒传》等，还拍过巴托克、德彪西、普洛科菲耶夫等作曲家的传记电影。但他又偏偏钟情于劳伦斯的作品，并一再改编拍摄成电影。劳伦斯的《虹》和《恋爱中的女人》都曾被他改编过。1992年又应英国BBC的邀请，拍摄了劳伦斯的《查特莱夫人的情人》。我手中的这个加长版的版本，即是从这原本是个4小时的电视剧中剪出的"电影版"。

所以看着有些怪怪的。一是情节有些"散"，一是人物的心理冲突刻画得有些浅。影片中的康妮似乎一直与克利福德保持着比较亲密的夫妻关系，至少他们还有相当多的共同话题，康妮的离去似乎仅仅是"性"得不到满足，这样与劳伦斯原著的精神是相悖的。

但电影给我们展现了英国美丽的田原风景：壮观的查特莱府邸，碧绿的草地，青翠而幽深的树林，到处洋溢着生命的气息。雨中做爱一景，被杜塞尔以法国的浪漫演绎得美轮美奂。女主角朱莉·理查德森（饰康妮）长得极像已逝的"风中玫瑰"戴安娜王妃，身材完美得无可挑剔，在雨中与肖恩·宾（饰梅勒斯）追逐着奔跑着，她的裸体充满青春活力，艳光四射，那种被压抑多时而爆发的笑声感染了花草、树木和风雨……大自然中，她身体真美啊，美得叫人不忍直视。可在此之前，也有一处她的裸体镜头：当她夜深难寐渴望抚爱，头蒙面纱向毫无能力的克利福德调情时，她的躯体美得那么冰冷，那样残酷。

《查特莱夫人的情人》有个喜气洋洋的结局：康妮怀上了梅勒斯的孩子，并且鼓起勇气向克利福德男爵提出离婚，她的父亲对她大加支持，表示所有的遗产都留给她。梅勒斯在一个农场里打工，半年后将和他的老婆离婚并且在康妮的资助下，他可以买一个小农场。结尾充满作者对新生活的憧憬。

东西方对于婚外之爱的结局有不同的期待。东方之爱是沉郁的、忧伤的，不惜以死诠释那不能苟且的感情。所以渡边淳一在《失乐园》中安排了凄美的殉情；《霸王别姬》中的程蝶衣守候最终，仍旧一剑吻颈——爱到深处，为什么非要在一起？西方之爱是乐观的、豁达的，约翰·福尔斯在《法国中尉的女人》中设计了三个不同的结

尾，哪个结尾都对莎拉有利，而夏洛蒂·勃朗特的《简·爱》，结局更是一片光明……

翻到一则新闻，说2005年4月8日，查尔斯要迎娶他30年的老情人卡米拉。当初一直对查尔斯爱上卡米拉大为不解：和黛安娜比，卡米拉又老，又丑，查尔斯有那么多的红颜知己，为什么最后还是与卡米拉百年好合？再想想，那"最完美的心跳"和地位与美丑是毫不相干的！或许在查尔斯眼里，"风中玫瑰"的万种风情也好，红颜知己的倾城美貌也好，抵不上卡米拉的一个温馨笑靥。

【精彩片断】

康斯坦丝坐下来，背靠在一棵小松树上，小松树在她背后以一种奇异的生命力摇动着，富有弹性，有力而向上。这挺立着的活生生的东西，把昂着的头沐浴在阳光里！她望着那些在一阵突现的阳光中变成金黄色的水仙花，阳光也温暖了她的手和腿。她甚至闻到了淡淡的花香。随后，由于这么静谧，这么孤独，她似乎进入到了自己的命运之流中。她一直被缆绳拴着，像一条停泊在锚地的船似的颠簸摇动；现在她松开了缆绳，随波逐流了。

【经典对白】

梅勒：我是怎样的人呢？在一个残废的人背后和他的妻子鬼混。若我站在法官面前，他会说你是个贼和混蛋！我不能身处你们这种人之间，我不想！你也不能跟下等人相处。我不想勉强。

康斯坦丝：我们不能维持现状吗？

梅勒：你喜欢来就来，走就走，从没有体谅过我。我不能走过树林，听从长官的吩咐，又分分秒秒地等着你。

康斯坦丝：你认识我之前一直很好。

梅勒：可能吧，但当时我也想到过去加拿大。

康斯坦丝：你有了我，你还想走？

梅勒：是的。

康斯坦丝：那我们只好分手，忘记对方吧。我会像从前一样，像在春天前一样。很感激你给我的一切，真的，你对我很好。

梅勒：别说我对你好！你给我的，远远超过我给你的！

康斯坦丝：不，你讨厌我的，我不再打扰你。

梅勒：等等，永远别离开我！

《苔丝》

经典"坏"女人

好女人有好女人的故事，坏女人有坏女人的故事。一般来讲，坏女人的故事更曲折，更精彩。

所以，许多书写坏女人，多以坏女人为主角，即使有好女人出现，也是坏女人的陪衬。比如《纯真年代》里的梅，这个好女人就是坏女人埃伦的陪衬，埃伦是她的表姐，一个已婚的女人，差一点和梅的未婚夫私奔。

如果，一个女人，她被诱奸，生子，孩子早夭。后来，和一个爱她的男人结婚，男人得知她的过去以后，弃她而去。走投无路的女人又和诱奸她的男人同居，最后一刀杀掉了他——人们说，她是一个坏女人。

她就是苔丝。19世纪的哈代坚定地认为她是一个纯洁的人，并且将小说《苔丝》的副题定为"一个纯洁的女人"。

一个可怜的被侮辱与被损害的女人。姑且以世俗的眼

光，叫她"坏女人"。

苔丝是娟秀俊俏的乡村姑娘，她有艳若牡丹的嘴和天真无邪的大眼睛。用这样的眼睛看世界，世界一定也是天真无邪的纯净。

当然，世界不会那般纯净。杜伯维尔在她对世事毫无所知时诱奸了她，在她贫困无依时占有了她。以衣食为诱饵，苔丝是一条被献祭的鱼，无可奈何地吞下了饵，以换取全家老少的饱暖。而在她最为困苦时，她的丈夫安琪儿却"缺席"了，当他得知苔丝的过去后，冷漠地弃她而去。

一个被丈夫抛弃的女子，完全要靠自己的力量生活下去。在泥泞的田间，在冰天雪地中，在蒸汽机的轰鸣下没日没夜地劳作。美貌和天真只给苔丝带来不幸，苔丝的美令人心碎。

她遭到两个男人的侮辱和伤害，一个叫她恨而另一个叫她爱。

那个叫她爱的男人对她的伤害或许更深，安琪儿打开了她的心灵之窗又关上了她的希望之门。虚伪的男人，他的爱脆弱到如此不堪

一击!

我心中的苔丝是一个美丽而晚熟的乡村女孩，在蜿蜒的土路上跋涉，提着重重的包裹，孤独无依，步履蹒跚。风吹动着她的长发，没人能听见她深深的叹息。

坏女人还原了生活的真实与本色。每一个坏女人的背后，都有一串很沉重的故事。就是这些故事，使女人成为了超越世俗的"坏女人"。

这些成了坏女人的女人，却是最坚贞最纯洁的女人。读一读安娜·卡列尼娜与渥伦斯基的故事，卡米耶·克劳岱尔与罗丹的故事，茶花女玛格丽特和阿尔芒的故事，海丝特与丁梅斯代尔牧师的故事……这些不同阶层的女性，均以决绝的方式，向爱情投以坚贞的注目礼，使之弥散着异样的光芒。

当苔丝绝望地守望着爱情，并随时准备用死亡净化爱情时，她的形象别样地生动起来。

好女人是糖，坏女人是盐。坏女人是泪水熬成的盐，咸咸的、涩涩的，那却是生活的原味。生活中可以缺糖，决不能缺盐。没有糖，日子过得会苦；没能盐，日子便不再是日子。

20世纪80年代，在那个"听"电影的时代就熟悉了《苔丝》的对白。刘广宁的声音和金斯基的原声非常接近，她将人物的善良本性，以及遭命运摆布时的那种无奈情绪，通过怯生生的言语淋漓尽致

地表现了出来。乔榛的声音深沉而彬彬有礼，可他却是给花花公子杜伯维尔配音！那时还是青春年少，乔的配音使我产生了错觉，竟然无法对杜伯维尔产生厌恶之情。

手中有两个版本的电影《苔丝》，一个是英国BBC电视台出品的，名不见经传；另一个就是罗曼·波兰斯基导演、美艳绝伦的金斯基主演的。当"看"与"听"相印证后，我还是被"震"住：时光仿佛在流转，刘广宁的声音瞬间将我带回到20世纪80年代的某一天……

那时才知道金斯基有多美！娇艳的脸，殷红的唇，令人震惊的眼神：狂野、冷漠、倔强、绝望，苔丝的命运在金斯基的眼神里燃烧。而金斯基张口咬草莓的镜头，则成为动人的风景，永驻影迷心中：饱满性感的红唇，鲜艳红润的草莓，使人隐隐约约地联想到春情的萌动。

BBC版本的《苔丝》长达180分钟，饰演苔丝的加斯蒂恩·瓦代尔的确没有金斯基那么令人惊艳，但更接近于一个朴实的劳动者；在表现苔丝生活的艰辛上，这部影片刻画得尤其细腻，使人对苔丝的不幸满怀同情与悲悯。

总是喜欢在夜间看片。安静，少打扰。在自家顶楼的阳台上，看完片后燃根烟，倚着窗口，对着夜空梳理一下心情，正如瑜伽的冥想，那是一种绝妙的享受。阅读是享受，看碟也是一种享受。但《苔丝》却叫我享受之外如有重负——为遥远的19世纪那个叫苔丝的女子。

　　走进书或碟里太深会迷路，就需将自己"拔"出一些，有时翻翻报纸上刚发生的事情，与书与碟之间造成些许的疏离。在疏离中读书观碟，会恍然感觉，鲜活而真实的故事就在自己身边。

　　本市的报纸上有一个版面，常刊登一些都市男女的心情故事：爱了，不爱了；不爱了，却难以割舍……特别爱看那些琐碎的小儿女的故事，看人家情天恨海，哭哭笑笑，分分合合。也有一些坏女人的自述，将自己的故事仔仔细细地娓娓道来，这些故事总是很精彩。

【精彩片段】

　　她的面庞随着近来的心情不同而变化着，时而美丽，时而平凡，反映着内心的快乐或抑郁。今天光艳照人，白玉无瑕；明天却又沮丧苍白，满面悲凉。鲜艳，往往是出于无忧；而苍白，却总是由于多愁。胸中没了思虑她便美丽无瑕，一旦烦愁涌起，便又容色憔悴。而现在她那张迎着南风的面庞却正好处于肉体美的极致。

　　那磅礴于一切生命——从最低贱的到最高贵的生命——的普遍的、自发的、无法抗拒的要求，寻找快乐的要求，终于又主宰了苔丝。即使到了此时，她也才不过是个20岁的少妇，精神、情绪都还没有完全成熟，也不可能有什么东西在她身上留下连时光

也无法消除的变化。

【经典对白】

安琪儿：苔丝，我是来求你饶恕我。

苔丝：太晚了。

安琪儿：太晚了？我的好妻子，我是来接你的！

苔丝：别……我要……请你别走近我，安琪儿！太晚了，太晚了。我不像过去了。

安琪儿：我也受了苦。我恳求你饶恕我！

苔丝：是，哦，是啊是啊。可我说了，太晚了。你不知道吗？真的！

蓦然惊艳

《枕草子》
枕边禁书

阅读，不仅仅是精神层面的事情。对我而言，阅读日本文学是可以缓解胃疼的。

曾经有一段时间，我就是这样安慰我的胃。当疼痛从隐约到明显，从轻缓到剧烈时，药片不再管用。我只能躺在床上，顺手抄起一本书，慢慢读。枕边散乱堆放的，是川端康成、谷崎润一郎、永井荷风、松尾芭蕉……逃不脱的日本文学。

我习惯在床上阅读。身体慵懒地伸展在被子里，只有双手紧紧抓住喜爱的书，将它搁在胸前或架在肚子上。四周寂静无声，或许有风在窗外掠过，而我的世界触目可及：一圈黄晕柔情的灯光，一只软硬适度的靠背，一本期待着我的书籍。现在，什么都不要做，只需用手将一页页的书翻开。随着书页的翻动，我轻易地打

主演：彼得格连纳韦《情色色香味》

开了一个遥远的世界。

那本书一定有琐碎的细节，优雅的文笔，从容的叙述方式。文字要有温润的质感和灵性，如一只曼妙的手抚向我的胃部——既然有人看书会撩起情欲，那么我通过阅读缓解胃疼也不足为奇了。

《枕草子》（河北教育出版社2002年版）也是我的枕边书，兴之所至，翻到哪页读哪页。朋友打电话，问：心情如何？答曰：还可以读《枕草子》呢。这样的书，是我心情的测量计。

日本平安时期的宫廷女官清少纳言喜欢写枕边杂记，"枕草子"的名称便由此流传下来了。清少纳言在人生暮年时写此书，回忆大约她在27至37岁之间的宫廷生活。27岁至37岁，是一个女人最丰饶最成熟的年龄，那段时光无疑是她人生最幸福的时光，即使她在晚年孤寂的岁月，回首往事仍然鲜活丰润。你可以感觉到光阴在书中窸窣流淌，一千多年前的人与物都活了，在书中轻盈地走动——

四季之美：春天黎明很美。夏季夜色迷人。秋光最是薄暮。冬景尽在清晨。

端午的菖蒲：端午节的菖蒲，有的过了秋冬还在。枯焦得煞白，样子很难看，便扯下来，将它折断，扔掉。

那时，闻到了5月的余香。

高雅的事：穿淡紫色的内衣，外加白袭、汗衫。刨冰放进甘葛里，盛在新金属碗。梅花落上白雪。非常可爱的幼儿正吃草莓。切开鸭蛋。水晶的念珠。

看着洁净的东西：陶器。新的金属碗。用做床席的蒲草。将水装进容器时透过阳光见到水影。新的长柜。

写冬天最冷的时候：还是冬天最冷的时候，和情人蒙头睡在被窝里，忽听钟声响起，仿佛来自什么物体的深处。十分惊奇。

这一段竟让我忍俊不禁了——

越大越好的是：法师、水果、房屋。饭袋、砚台、墨。男人的眼睛。假如太小，就是女人了。照此说来，如果大得像汤碗，那可吓人。火盆、酸浆、棣棠花花瓣。不论是马和牛，自然是大个的威武。

……

这样的文字真叫人迷恋！你得慢慢读，才能品味它素面朝天的洁净和疏朗优雅的妩媚。清少纳言将日常生活的点点滴滴随手记下，长短由之，写给自己留在枕边欣赏。她留意一朵花、一种表情，衣裳的颜色、深夜的鸟鸣，她说这是"有意思的事"，这种对微妙"意思"的耽溺，竟然成了以后"日本之美"（川端康成语）的源头。

一千多年前一个日本宫廷女人写的文字，注定一千多年后它的知音大多是女性。一贯认为阅读是有性别之分的，一般而言，男人会挑选男人喜欢的书，而女人会选择女人喜欢的书。宛如男女"战斗"时选用不同的武器——

男人选择拳头，女人选择眼泪。

《枕草子》的文字仍然穿越千年，诱惑了一个叫彼得·格林那威的欧洲人，他从中获得灵感，拍出了一部惊世骇俗的电影:《枕边禁书》。

格林那威是一位著名的电影大师，他一贯的风格就是怪诞和荒唐。他的另一出名作《厨师，情人》曾经因为过于怪诞、血腥的镜头而遭众议。《枕边禁书》如果拍成一部有"日本之美"的电影，他当然拍不过清简肃穆的小津安二郎。格林那威干脆将另类风格发展到底，到最后一定要惊掉人的眼球。

格林那威十足地叛逆! 他借《枕草子》将自己对东方文字的崇拜推到极致，于是就有了这个离奇的故事——

日本姑娘清原诺子（邬君梅饰），儿时就生活在艺术氛围中，每逢她生日，同性恋的书法家父亲就会在她的脸上用毛笔蘸上红颜料写下祝福。长大后的诺子喜欢将文字书写在胴体上，墨迹的香味，还有皮肤如纸的气息都令她深深沉迷。

后来的故事均源于女人的欲望。为了出版自己的作品，诺子刻意接近那个叫谢朗（伊万·麦戈雷格饰）的英国男人。而他也为她深深着迷。午前的温情，午后的激情，谢朗赤裸的躯体上写满了诺子的文字，人体成了艺术的展台，裸露的镜头唯美得清雅悦目。

为达成诺子的心愿，谢朗主动用自己年轻的躯体讨好出版商。于是，一种独特的编辑和审稿在出版商和谢朗之间发生。然而，原本

只是利用谢朗的诺子却不知不觉地爱上了他！在眼见着他们投入的肉体交易后，诺子报复性地不理谢朗，任谢朗崩溃地敲击着她的房门，绝望地嘶叫，哭泣。

女人的尊严和过分坚持，就这样导演了一场悲剧。为了再次得到诺子，谢朗意外身亡。诺子在他的胸口书写"爱人之书"，用紫色的纸包裹好他，印上"永"字。

可是，变态的出版商为了谋利，竟然残忍地割下了谢朗的人皮，将"爱人之书"制成了册。

格林那威认为"肉体与文学"是生活中不可分割的主题，令人兴奋而且赏心悦目，因而构思出奇特的十三章"人体书法"《枕草子》的展现过程——诺子将《枕草子》写在裸体男子身上，然后交给出版商；而出版商在见到最后一章"死刑者之书"之后，竟然心甘情愿交出性命。

诺子以艺术完成了她的复仇。一个女人的欲望旅程究竟有多长？——因爱始，因恨终。从始至终，欲望的旅程很艰难。

怪异到极致也会产生美。《枕边禁书》大量借用《枕草子》中的意象，刻意地使之成为无处不在的象征符号，以电影的光影声色，尽情泼洒着它所表达的怪诞离奇的浓艳、暧昧与血腥。这些极度风格化的情节和细节很难令人接受，但在经过格林那威更加风格化的画面表现之后，反而显露出迷人的美感。

《枕草子》是部令人沉静的书籍，《枕边禁书》却是部使人惊骇的影片。

　　对我而言，选择《枕草子》意味着选择了一种生活态度；对格林那威而言，选择《枕草子》是选择了他的《九阴真经》——格林那威让我想起《射雕英雄传》里的欧阳锋，不过格林那威是拿《枕草子》开练，练成练不成，格林那威都将是影视圈的一个异类。

【精彩片段】

　　怀恋过去的事是：枯了的葵叶。雏祭的器具。在书本中见到夹着的，二蓝以及葡萄色的剪下的绸绢碎片。在很有意思的季节寄来的人的信札，下雨觉着无聊的时候，找出了来看。去年用过的蝙蝠扇。月光明亮的晚上。这都是使人记起过去来，很可怀恋的事。

【经典对白】

　　诺子：上帝起初用泥造人时……

　　谢朗：给他绘上眼睛……

　　诺子：口唇……

　　谢朗：性征……

　　诺子：上帝满意作品……

　　谢朗：就签个名。

《洛莉塔》
蝴蝶之翼

洛莉塔
[美] 弗·纳博科夫

　　1953年夏天，纳博科夫"在美国的亚利桑那波特利的一座农场里，在俄勒冈州阿什兰的一幢租来的房子里，在西部与中部的各个汽车旅馆之间"一边写作《洛莉塔》，一边不断地捕捉蝴蝶。这个从6岁开始就热爱捕蝶的家伙，将蝴蝶的美丽、神秘及绚丽的色彩，融进他的小说创作中。

　　我是在1995年一个偶然的机会从单位那积满灰尘的图书馆的某个角落里翻到这本书的。书皮晦暗，用纸低劣，印刷粗糙不堪。我首先惊奇于这竟是浙江文艺出版社出的书，进而惊奇于这本书是1989年冯亦代先生主编的"兔子译丛"中的一本！出于偏爱，我私下里使这本书合法地"失踪"了。而我第一次读纳博科夫，就始于这本印

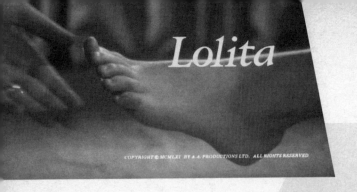

制粗劣的《洛莉塔》。

《洛莉塔》讲述的是一位中年男子汉勃特教授的故事——他迷恋上了一个12岁的小姑娘洛莉塔，为了维系与洛莉塔的恋情，汉勃特娶了她的母亲；后来，洛莉塔的母亲去世，汉勃特便带着继女洛莉塔在美国各地旅行，最终发生了性关系。但不久后，洛莉塔被一名年轻的剧作家诱拐出走，不料这名剧作家是个下流无耻的骗子，洛莉塔受尽了他的虐待和凌辱；忍无可忍之下，洛莉塔逃离了他，与另一名残疾的年轻男子同居。汉勃特为了找回洛莉塔，四处追寻，可是当汉勃特找到洛莉塔时，小姑娘早已不复当年天真美丽的模样，而是一个饱经沧桑的小妇人了。汉勃特发誓要惩罚那个毁了洛莉塔的剧作家，最终杀死了那家伙而被捕入狱……

由蛹而蝶是痛苦的质变。如果没有维拉，《洛莉塔》这只蛹会一直在黑暗中沉睡，而我们无从领略它震撼人心的故事，宝石般闪光的语体，也不会抵达那个叫做"美"的现实与虚构相融合的世界，思索生命和存在。而维拉就是催生《洛莉塔》这只神秘彩蝶的关键——

《洛莉塔》曾引起许多误读。它出格的内容使美国四家出版社拒绝了它，纳博科夫有几次想将小说的手稿烧掉。他的妻子维拉将已经点燃的小说手稿从火堆里救了出来，她告诉朋友："它根本不是色情作品……它探索了一名无助少女的悲惨命运。"

在维拉的力荐下，1955年，法国的奥林匹亚出版社同意出版这部小说。俄裔美籍作家纳博科夫的这部惊世骇俗的小说，进入了巴黎街头的书店。后来，美国的普特兰出版社得到小说的版权。

所有对这本书感兴趣的人都不禁猜测纳博科夫是不是那个变态的汉勃特，而维拉的存在使四起的流言灰飞烟灭。《纽约时报》特意评论维拉是一位"身材苗条，皮肤细腻的白发女郎，与洛莉塔相去甚远"。就在许多评论家将洛莉塔攻击成一个"浅薄、邪恶、淫荡和极其令人讨厌的顽童"时，维拉撰文为她辩护："报纸从各种可能的角度讨论了洛莉塔，但却忽视了一点，即她的内在美和感伤力……我希望有人会注意到书中对于孩子的无助，她对恶魔般的H.汉勃特的可悲依赖性，以及她令人心碎的勇气等充满柔情的描写。"

纳博科夫具有极出色的语言天赋，童年时代就掌握了英、法、德等多种语言文字。他时而诙谐幽默，时而揶揄嘲讽，时而优雅，时而调侃；而在文体上则诡谲多端天马行空，极具变化。读他的小说，就宛若进入一个光艳夺目的文体迷宫，你在字里行间时时可以看见瑰丽多变的蝶翼在闪烁。因此，将《洛莉塔》当作"淫书"，显然是一种严重的误读。

小说的电影版权以15万美元的高价卖给了库布里克摄制组，这笔钱相当于纳博科夫在康奈尔大学17年的薪水。

　　1962年，库布里克推出了电影《洛莉塔》。一向认为库布里克是个先锋导演，但这部《洛莉塔》在细节上非常忠实于原著，基本上与小说亦步亦趋。由于缺乏创新，创作手法略嫌沉闷。

　　纳博科夫说，他写小说的惟一目的就是得到一种审美狂喜，我想电影也应该给人带来一种审美的狂喜。饰62黑白版的男主角汉勃特教授的是詹姆士·梅森，略嫌肥胖的中年男人，与原著中"冷淡、文雅、瘦削"的汉勃特有些出入。挑这种演员真是导演库布里克的失误，詹姆士·梅森显然没有给我们带来"审美的狂喜"。并且冗长的开头让人十分难忍：汉勃特持着手枪，在一座颓废破败的豪宅里找到曾诱拐了洛莉塔的剧作家奎尔蒂，经过大段的对话后，一步一逼地枪杀了这个醉醺醺的"情敌"。

　　相对于库布里克的黑白版，亚德里安·林恩导演的97彩版要漂亮得多。

　　开头十分简洁：瘦削的、面部带点神经质的汉勃特教授（杰里米·艾恩斯饰，据说他最擅长演绎的就是这种略带神经质，别人看来有点变态的角色），神情恍惚地开着车在路上行驶，手上把玩着一只带血的女孩子的发卡，四周意境开阔，早春的景色如诗如画。话外音即是书中的开头。旋即，故事转入正题。

　　林恩对小说的把握十分到位，他诠释的洛莉塔这位美式"粗俗少女"，嚼着口香糖、戴着牙套、跟着老唱片爵士乐跳大腿舞，

在小说中都是似有似无的；而洛莉塔给汉勃特的第一印象，是阳光里浇草地的水龙头下，翘着脚，读着明星杂志的，湿漉漉的性感少女，这个镜头令人震撼。

　　97彩版的《洛莉塔》还有一个译名：《一枝梨花压海棠》，典出宋代苏东坡嘲笑好友词人张先的调侃之作。据说张先在80岁时娶了一个18岁的小妾，苏东坡就戏谑道："十八新娘八十郎，苍苍白发对红妆。鸳鸯被里成双夜，一树梨花压海棠。"香艳的暗喻！

　　再好的电影，也不能代替书籍的阅读。直观画面太饱满，不能代替观赏文字时独自想象的快感。私下认为，《洛莉塔》的开头可以同杜拉斯的《情人》媲美：

　　"洛莉塔，我的生命之光，我的欲念之火。我的罪恶，我的灵魂。洛—莉—塔：舌尖向上，分三步，从上颚往下轻轻落在牙齿上。洛。莉。塔。

　　在早晨，她就是洛，普普通通的洛，穿一只袜子，身高四尺十寸。穿上宽松裤时，她是洛拉。在学校里她是多丽。正式签名时她是多洛雷斯。可在我的怀里，她永远是洛莉塔。"

　　你可以想象一个中年男人的声音，有点浑浊，有点忧伤，有点沧桑，他满怀激情地念叨着"洛莉塔"，而"洛莉塔"三个音节，在小说开笔处，从纸面幽然而起发出的无声变奏。

　　静心倾听吧，听纳博科夫如何用字锻造着致命诱惑，仔

细感受那个备受争议的小说女主角——青春、粗俗、性感、诱人，如蝴蝶一样变化莫测、将纳博科夫推向舆论与创作之颠的美国少女——洛莉塔。

有种香水叫洛莉塔。

【精彩片段】

我发现要想恰如其分地表达这种闪动的思绪、震颤和情智冲突是相当困难的。在日光的照射下我的目光一直流连在那跪着的女孩身上，直到我以成年人的矫饰走过她身边（就像电影圈中那种高大健美的男性性感明星），我空虚的灵魂恨不能将她那耀人的美质的每一个细节吮吸进来。……我所知道的仅仅是当我和海兹太太一起步入这个令人窒息的花园时，我的两只膝盖就像是映在微波涟涟的水面上的膝盖的影像，我的双唇就像干涩的沙粒……

"这就是我的洛。"她说道，"那些是我的百合花。"

"是的。"我说，"她们真美，真美，真美！"

【经典对白】

汉勃特：（独白）在早晨，她就是洛，普普通通的洛，穿一只袜子，身高四尺十寸。穿上宽松裤时，她是洛拉。在学校里她是多丽。正式签名时她是多洛雷斯。可在我的怀里，她永远是洛莉塔。洛莉塔——我的生命之光，我的欲念之火。我的罪恶，我的灵魂。

《霸王别姬》
男人的妩媚叫惊艳

香港作家李碧华是我喜爱的一个作家，因喜爱而四处搜罗她的散文集，像《绿腰》、《蝴蝶的十大罪状》……后来又找她的小说。这个灵异的女子用一只穿透世事的笔写人情冷暖，笔调泼辣、老练又洒脱无形。读着读着，不由得想：一个女人，对人性如此洞若观烛，是不是很恐怖？当年张艺谋和巩俐之爱与恨尚未尘埃落定时，这个女人便从影片中窥见了端倪：

看电影，可以看出导演对他的女主角是否有情。譬如，《摇呀摇，摇到外婆桥》里头，我们赫然感受到，导演已经不爱她了！怎么说也很尴尬而干涸。（《透过镜头爱抚或掌掴》）

女人聪明到这份上，真的有些可怕了！

真的喜欢李碧华的文笔：干脆，利落，无牵无挂，

文多短句，行文爽利，有种冷艳的硬朗，不像一个女人的文风。散文如此，小说也是如此。据说她最擅长写情，但她的情却都是有浓浓的血腥味的悲情。《胭脂扣》中的人鬼之恋，《诱僧》中的僧俗之恋，《霸王别姬》中的同性之恋，《青蛇》中的蛇人之恋……哪一段情有个善终？李碧华的笔底携带着霜雪之气，人世间的情爱，在她的笔下竟然没有丝毫的暖意。

《霸王别姬》（人民文学出版社1993年版）这薄薄的小册子，以268页码将那长而蜿蜒的故事收容进去。

文字依然练达，洒脱。这种文字演绎的却是一个关于人生的忠贞与背叛的凄迷故事：9岁的小豆子被做暗娼的娘送到梨园学戏，以求得一个好前程。在那水深火热之地，小豆子与师兄小石头相依为命。10年之后，小豆子出落成名旦程蝶衣，小石头成为名生段小楼，一出《霸王别姬》唱红20世纪40年代的北平。师兄师弟，性格各异。一个风流倜傥，与名妓菊仙两情相悦；一个人戏不分，泥足深陷。三人在爱与恨的漩涡中角逐纠缠……

陈凯歌之遇《霸王别姬》是他的幸运。1993年，《霸王别姬》使大陆电影首次摘取了戛纳"金棕榈"这一国际影界高奖，也使导演陈凯歌了却了多年的宿愿。

电影《霸王别姬》里一片星光灿烂，开头那个拽着个男孩急匆匆行走的女人看着眼熟，竟然是蒋雯丽！戏里有两个风尘女子：蒋雯丽饰演的暗娼小豆子她妈，巩俐饰演的八大胡同的名妓菊仙。

蒋雯丽演得真好，一个风尘女子的风骚、无助和难以表达的悲哀，经由她眼风一飘，全出来了，戏份虽少，但真的给人留下了深刻的印象。不知是《红高粱》太深入人心还是别的原因，巩俐饰演的菊仙，那种生硬刚烈的性格特征，总像是"我奶奶"的翻版。后来看她主演的《周渔的火车》，忍不住地惊异：除了剧烈的喘息和饥渴的眼神，这位国际巨星真的没给我留下太多有内涵的东西。巩俐像一株怒放欲谢的夜来香，散发着令人窒息的性感气息，但她骨子里却缺少些什么，想一想，是缺少女人的妩媚。

张国荣决不缺乏妩媚。而一个妩媚的男人是令人震惊的！张国荣饰演的迷失性别的戏子程蝶衣，其阴柔之美具有无限的张力。他游走于张丰毅、巩俐、葛优等众多耀眼明星之间，竟然以柔克刚，舞袖轻飞，举重若轻，成为最最引人眼球的那个。

男人的妩媚足以惊艳。的确，张国荣在某些片子中，总是能借细节传达属于他自己的妖妖的妩媚，真的比女人还要女人。比如《满汉全席》中那枚斜扣的小发卡，比如《春光乍泄》中那段和梁朝伟缠绵的拥舞，比如《胭脂扣》中颓废迷离的眼神……

有这么个妖娆优雅、人戏不分的程蝶衣夹在中间，不信菊仙和段小楼（张丰毅饰）能善始善终。陈凯歌将原著中两男（程蝶衣、段小楼）一女（菊仙），彻底解读成两女（程蝶衣、菊仙）和一男（段小楼）。没有张国荣，也就没有《霸王别姬》中那个为爱而飞蛾扑灯的"她"了。

李碧华算不上一流的作家，但她的作品却能改编成一流的电影。对于我这个享乐主义的阅读者来说，尤其欣赏李碧华的创作态度。不管是小说还是电影，对她来说，"只是换不同的游戏方式玩耍而已"，所以写作之于她，要先娱己，再娱人。

李碧华的生活方式也很叫人艳羡：除埋头写作外，她非常享受生活，喜欢跳舞，喜欢美食，喜欢旅行。难怪她有这样一段人生自述：所谓快乐美满的人生是——七成饱、三分醉、十足收成；过上等生活、付中等劳力、享下等情欲。

读之一笑。

一个女人尚能活得这样豁达，难道张国荣——这么个风华绝代的男人——竟勘不透吗？他从楼顶飞身而下的刹那，以满天烟花的缤纷为李碧华的《霸王别姬》做了最佳而又最不可能的注脚。

无法解读一个艺人的忧郁。张国荣竟然挑选了4月1日作为离去的日子，用他细腻如丝的眼神向这个世界投下最后一瞥，继而，化蝶而去。

戏如人生，人生如戏，他或许太入戏，太执著了。佛家云，执著乃修身之大忌！

不是所有的艺人都能修得银幕上的永生。可谁能忘得了，那绝美的程蝶衣，从台后款款走来，水袖轻抛，一滴清泪，一抹残红，一袭白衣，妩媚如水的眼神，让人心痛、心醉……

【精彩片段】

婊子无情。

戏子无义。

婊子在床上有情。

戏子，只能在台上有义。

每一个人，有其依附之物。娃娃依附脐带，孩子依附娘亲，女人依附男人。有些人的魅力只在床上，离开了床即又死去。有些人的魅力只在台上，一下台即又死去。一般的，面目模糊的个体，虽则生命相骗太多，含恨地不如意，糊涂一点，也就过去了。生命也是一出戏吧。

【经典对白】

造反派：说！

段小楼：我，我说，他是个戏痴、戏迷、戏疯子！

造反派：谁？说清楚，说！

段小楼：程蝶衣，他是只管唱戏，他不管台下坐的是什人，什么阶级，他都卖力地唱，玩命地唱。

……

程蝶衣：你们都骗我，都骗我。我也揭发！……段，段小楼！你……你天良丧尽，狼心狗肺！空剩一张人皮了！自打你贴上这女人，我就知道完了！什么都完了！你当今个儿是小人作乱，祸从天降，不是！不对！是自个儿一步步、一步步走到这田地来的，报应！

我早就不是东西了，可你楚霸王也跪下来求饶了！那京戏它能不亡吗？能不亡吗？报应！

《失乐园》
唯美的殉情

李敖说：人生最好的死法有两种，一种是殉情，一种是死在新娘身上。殉情也有多种方法，渡边淳一的《失乐园》（珠海出版社1998年版）中有我所见的最沉郁唯美的现代殉情：秋天的轻井泽，山下别墅里，相爱的人相拥而卧，男人将掺了毒药的火焰般通红的葡萄酒喂进女人的嘴里。四周静得出奇，隐约可以听见啾啾的虫鸣……

千年前的《枕草子》，为日本文学"耽溺之美"的源头。一些小小的细节，小小的生活片段，皆投以纯美的注视。连《失乐园》里殉情的情节，也写得这般凄美，叫人黯然心碎。

是什么样的爱非要在另一个世界里才能安妥啊！尤其在日本，这个对婚外恋比较宽容的国度（他们最

早的小说《源氏物语》，即大量描写婚外之爱），一对中年男女，竟然选择了这种古老而极端的方式——殉情。

日本文学的本质唯美而感伤，对于自杀豁达而宽容。即使与人息息相通的大自然，在日本作家的笔下那四季之美也会成为殉情的一个极美的背景。

没见过这么漂亮的文思，将男女婚外恋情，编织进变幻的四季，少了血腥与残酷的意味，多了柔和与抒情，平庸的故事，被描绘得缠绵飘逸。

标题即彰显了日本的四季之美。上部：落日，秋天，良宵，日短，初会，冬瀑；下部：春阴，小满，落花，半夏，至福。

美中略带沉郁，可以嗅到四季不同的草木气息。

这种沉郁之美更像一种催眠术，使人在不知不觉中理解它，接受它，为那对殉情的男女洒下一行清泪。

这种催眠也是一种绵绵的穿透吧？它不断地穿越文本诱惑你：来吧，试一试，为什么不？

是不是久木和凛子也经不住这诱惑，最后义无反顾地走向不归路？

　　原来，死虽可怕，但也像一次出门旅行。这个世上的芸芸众生，早晚都要走上死的旅途。久木和凛子不过是希望和自己最心爱的人，以最美的形式去旅行罢了。

　　爱，原是一次旅行，殉情因为爱得太累了，希望尽快抵达旅途的终点；而爱，会在另一度空间里轮回。

　　相信会有轮回，否则，没法给自己一个交待。

　　这是一部很纯粹的婚外恋小说，它很纯粹地在讲两个人的婚外恋情。写久木和凛子两个从相识到情死的过程，夹带着两人不断变化与升华的性爱感受。它不厌其烦地描写两个人的约会，写约会地点、环境，两人如何抵达，双方的衣着打扮，喝什么酒，吃什么菜，看什么戏，做爱时的环境和感受，甚至幽会后如何回家……原谅我如此啰唆地写这些，但正是这些精细从容、真实而唯美的描写，构成了这本书的独特吸引力。

　　书中穿插了昭和年间阿部定杀死恋人吉藏的史实，和1924年有岛五郎与波多野秋子的情死，暗示了久木和凛子两人最终殉情的结局。

　　中年的人婚外恋情，激越而沉静。当久木决定将殉情作为爱的最后一站时，他和凛子冷静地商量着，像商量一次最平常不过的旅行——

　　如何赴死。凛子追求的，是一种最最奢侈而任性的，是两个人抱在一起不可分开的死法。于是，排除跳崖、自缢……久木想到服

毒。凛子最爱喝红葡萄酒，最后商定将毒药掺进酒里。

自杀场所。两人一致倾向于轻井泽。当然，从他们激情澎湃、留宿不归的镰仓，到多次幽会的横滨饭店；从雪中寂静的中禅寺湖，到樱花谢落时的修善寺，这每一处都使他们刻骨铭心，永生难忘。只是，在公共场所殉情，会给人带来麻烦。而久木家在轻井泽有一栋被苍松翠柏环绕的别墅，很少有人去打扰。

殉情时间。梅雨时死的尸体，会迅速腐烂，选择秋天，可以避免这一悲剧。

两个人有条不紊地向着彼岸进发。他们恍然觉得走在发黄的落叶松林阴道上，就像走向一个遥远而陌生的地方，相信沿着这条路走下去，就会通往寂静的死亡世界。

他们开始了爱的单程旅行。久木记起了一篇小说的序曲："某一天的下午……突然起了风。起了风，好好活下去。"

爱到极致，不得不用死作为最后的表达，那会是怎样的感受？

小说的最后一章名为"至福"，该理解为"最幸福的事"吧？

死是一件"最幸福的事"，那又是怎样的幸福？！

比起独自赴死的卡列尼娜（《安娜·卡列尼娜》）和如花（《胭脂扣》），两人能将生命之火交由对方熄灭，感知相拥的身体渐渐冰冷，然后一同堕入永恒的黑暗，也算是一种幸福吧。而那种死法，直将幸福推到极致！

谁 使我 怦然心动

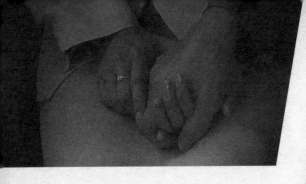

1997年，日本殿堂级导演森田芳光将《失乐园》搬上银幕。役所广司饰演为爱所苦的男子，将久木的失意彷徨诠释得十分到位。黑木瞳饰演端丽的凛子，喜欢黑木瞳的眼神，沉静中潜藏着无边激情与万种风情。

喜欢影片中的音乐。电影的情节太碎，性爱镜头太闷，惟有感伤的音乐时起时落，缠绵不断，才将这些琐碎的情节串起，将性爱场面阐释得富有诗意。偶尔闪现的日本风景，神秘的能剧表演，穿梭往来的电车……这些画面虽然短暂，但勾连起观者的心情。

让人难忘的是电影的结尾：书中的秋季改编成冬季。屋外雪花静静飘落，屋内两个人相拥做爱，饮下毒酒，从容赴死。两个人的魂魄互相牵引着，漂泊在无边的雪野中，宁静、空灵。

导演是善良的，将画面处理得凄美绝伦，希望他们在另一个世界仍然手拉着手，心贴着心。

看完碟，给几个朋友发去短信：如果可以设计自己的死亡方式，你会选择怎样的死法？

……真的有一个回答："可以考虑和相爱的人，在一个喜欢的季节，情死在一个喜欢的地方。"

很怅然地给她回了条短信："……好好活下去。"

【精彩片段】

久木望着灯光摇曳的地面喃喃自语道："从前的人一到了这里，就会觉得远离了人间吧。"

"一定有私奔来这儿的。"

"男人和女人……"

久木说完把目光投向能舞台后面那神秘莫测的寂静的群山。

"咱们两人住在那里的话也是一样的。"

"你是说早晚会厌倦吗？"

"男人和女人生活在一起就会产生怠情的感觉。"

说实话，现在久木对于爱情是怀疑的，至少不像年轻时那么单纯，以为只要有爱，就能够生生世世永不变。

"或许热烈的爱情不会太持久。"

"我也这么想。"

凛子点点头，久木反倒有些狼狈。

"你也这么看？"

"所以想趁热烈的时候结束啊。"

可能是受了灯光映照下的能舞台的诱惑，凛子的话有点阴森森的。

【经典对白】

凛子：7岁时，在莲花池里迷路，日落了，我孤单一人。

久木：9岁时，让爸爸给我买了一副拳击手套，我高兴得戴着它睡着了。

凛子：14岁时，第一次穿丝袜，脚在低腰皮鞋里感觉滑滑的。

久木：17岁时，肯尼迪总统被暗杀，我在电视机旁呆住了。

凛子：25岁相亲结婚。婚礼当日刚好遇上台风。

久木：27岁长女出生。工作很忙，没空到医院探望。

凛子：38岁那年夏天，我遇到了你，我们相爱了。

久木：50岁，第一次为女人着迷。

凛子：38岁的冬天……和你一起，永远在一起……

久木：永远……

《钢琴教师》
人性深处的恶之花

得知奥地利女作家耶利内克获2004年诺贝尔文学奖后，对《钢琴教师》这本书一直怀有期待，尤其是读到对耶利内克的评价，那是两种非常极端的声音——

诺贝尔奖颁奖词说：她在小说和剧本里发出的声音和阻抗之声，如悦耳的音乐般流动，充满超凡的语言热情，揭示了社会的陈腐思想及其高压力量。

梵蒂冈抨击道：她笔下的女性世界充斥着"赤裸裸的性事"，而且是"将性和病态、权力以及暴力联系在一起"，"肉体的结合是冰冷而晦暗的，缺乏交流，只有暴力的侵占，没有任何柔情蜜意，没有丝毫灵魂或者意图的尊严"。她呈现在读者面前的只是"无度的淫秽"，最终只能"陷入绝对的虚无主义"。

因而想知道，这个搅动世界不安的女人，究竟在书里写了些什么。

北京十月文艺出版社早在2000年即有意翻译《钢琴教师》，但终因"该书性心理描写过于暴露，文字比较艰涩，不像通俗外文小说那么容易读，再加工比较费劲"因而未能出版。

"文字艰涩"的说词太勉强，难道它比《尤利西斯》或《百年孤独》还要费解吗？"性心理描写过于暴露"可能是使它胎死腹中的主要原因吧。

早就看过《钢琴教师》的盗版碟，被影片凛冽与直白的表达所震惊，只是看碟时还不知道耶利内克为何许人。

耶利内克如果不获诺贝尔奖，我们可能永远失去阅读《钢琴教师》中译简体本的机会了。2004年12月出差苏州，去火车站之前先奔书店，见到这本《钢琴教师》，暗红的底色，黑色的书名，一串跳动的黑色的音符，还是北京十月文艺出版社的版本。

母亲和女儿怎么是那么畸形的关系？埃里卡和克雷默尔的爱怎么那样变态？！看完这本《钢琴教师》，郁闷许久，女作家给我们展示了一大片人性中丑陋的疮痍！

据说它是耶利内克半自传性的小说。耶利内克出生于小市民家

庭，自幼学习音乐和舞蹈。母亲不仅望子成龙心切而且集暴君和刽子手于一身，而她的父亲多年来精神失常，耶利内克曾一度出现过精神疾病。这部小说在一定程度上反映了她的真实生活。

只是那真实让人太难以接受。病态的母女关系，畸形的母爱，使埃里卡不能像同龄的女性一样品尝异性之爱与被爱，她生活在母亲的浓厚的阴影覆盖之下，对自身之外的世界张皇而不知所措。钢琴是她惟一的掩体，艺术是她拒绝外界入侵的一种方式。只有沉浸于艺术之中她才能感受到自己的尊严，才能居高临下地调侃自己的学生："克雷默尔先生，您弹得太快也太响，以此您只能证明，精神的缺乏会导致在阐释中留下空白。"

埃里卡仿佛溺水者，而克雷默尔就是漂向她的那根稻草。

克雷默尔其实就是一根轻飘飘的"稻草"，他年轻、热情、有活力、有音乐天赋，在年轻的克雷默尔看来，"爱没有什么大不了的"！

克雷默尔大胆地靠近她追求她。看着学生那张青春光洁的脸，埃里卡感到酸涩和卑微。"埃里卡从来也没有温柔地拥抱过什么，她连自己的身体都没有拥抱过，但是她愿意让人拥抱自己。他应该顺从她，他应该追求她。"但是在母亲的严格操控下，她只能待在自己的家里，不叫任何来访者惊扰。于是，"埃里卡愤怒地想着，我快死了，我还只有35岁，埃里卡愤怒地想着，快速跳上火车，因为一旦死了，那我就什么再也听不见，闻不着，尝不到了！"

耶利内克的小说中一直将克雷默尔的年轻与埃里卡的衰老对比描写，一个女人的压抑和绝望透过文字，直逼过来，使人和她一起压抑着绝望着，愤怒着呐喊着。可这一切总逃不过可怖的"母爱"，在这场爱的拔河里，年轻的克雷默尔放弃了退却了，埃里卡通过自残传递自己的渴望和绝望。

埃里卡是我所读过的另一类弱者。苔丝为反抗，拿起刀子刺向杜伯维尔，埃里卡却将刀子对准自己，将薄而利的刀片割向自己的身体，看着血一滴滴滴下来，汇成涓涓细流。这样的片段叫我惊骇，惊骇于埃里卡平静的自残，更惊骇于耶利内克冷静的叙述。仿佛只有受血腥气息的刺激，耶利内克笔下各种意象才能如天女散花，纷繁迭出。她兴趣盎然又波澜不惊地叙述着，叙述着埃里卡极度变态的生活。

耶利内克是个十足的异数，把人的情欲行为方式写到了近乎荒诞的地步，一般人很难想象，非常赤裸、细致地描写性虐待、性幻想，尤其是受虐和施虐。她有惊世骇俗的言说：性就是暴力，性永远是终极的暴虐。

导演哈内克忠实地阐释了这一观点，他原封不动地呈现了小说中男女双方在暴力情境里的互相侵害。如果阅读还可以使人合上书页稍加喘息的话，那么电影带来的冲击力则使人感觉无法呼吸。那种凌厉直白的绝望，使你触摸到彻骨的"冷"。

那种叫人心痛的"冷"。

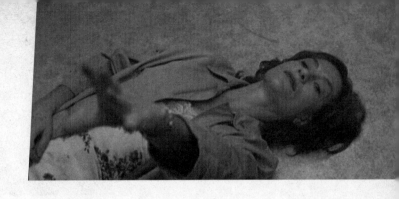

哈内克的镜头不动声色地记录埃里卡的自虐。她坐在浴室里，用锋利的刀片划伤自己最柔嫩的地方寻求快感。那种熟练到程式化的动作和若无其事的姿态与肆意流下的鲜血形成了极为惨烈的撞击。而影片结尾，当埃里卡看着克雷默尔轻快远去的背影，将刀子狠狠插入自己的左臂，仿佛给无可忍受的痛苦切开一个出口，让肉体的疼痛暂时覆盖精神的无望。然后她收好刀子，走出剧场的大门，顺着任一方向走去——绝望的气息随着血腥四处弥漫。

女人的目光有时会比男人更凌厉，女人的眼里所投映出的世界更冷酷。我相信，这是因为女人更易受伤，并且对伤害的感受体悟得更深刻。

谁能告诉我，性——到底是"最完美的心跳"，还是"终极的暴虐"？

但丁在《神曲·第十三歌》中写道："哈比鸟以他的树叶为食料，给他痛苦，又给痛苦以一个出口……"受啄是痛苦的，但却给了原有的痛苦一个流淌的出口——以皮肉之苦来释放内心的痛苦，痛苦之深可见一斑。

电影《钢琴教师》在2001年戛纳电影节上大放异彩，获得当年的评审团大奖、最佳男演员奖、最佳女演员奖，成为当年戛纳电影节最大的赢家。盗版商们一贯目光敏锐，行动迅速，才不去忌讳什么"无度的淫秽"或"性描写过于暴露"，因此，这部匈牙利迈克尔·哈内克

导演的杰作，在国人对耶利内克尚一无所知时，已被盗传至国内。现在，由于女作家获诺贝尔奖的热炒，我想这张盗版碟还会卖得更好。盗版商也是大赢家。

从网上看到耶利内克的照片。照片上的她面庞不是很漂亮，却那样凛冽与冰冷，眼神中充满了不屑与反叛。

2005年春，又陆续翻读了耶利内克的《情欲》（长江文艺出版社）、《死亡与少女》（上海译文出版社），虽翻译得晦涩不畅，但耶利内克语言的魅力还可略窥一斑。是否"如音乐般地流动"倒没读出来，但那迸出的意象像盛开的花朵，诡异、冷艳，拨动你的情感之弦，使之发出疯狂的颤音，震动着刺痛、压抑、冷酷、绝望……诸种令人焦灼的情感。细细品味，那美得炫目的恶之花，正怒放在人性的最深处。

【精彩片段】

埃里卡的肩上裂开一道口子，软组织没有阻力地分开了。金属刺进去，埃里卡徒步离去，她开不了车。她一只手捂住伤口，没人跟在她身后。游人对着她走来，又从她身旁走过去，就像河水在无知觉的船体旁流过。没有什么可怕的，每一秒钟都在期待的痛苦中来临。一只汽车垫圈烧起来。

埃里卡的背越来越暖，背上的拉链开了一段。越来越强的阳光把后背晒得开始暖和了。埃里卡走啊，走啊。她的背被阳光晒热，血从她身上滴下来。路人从她的肩上朝脸上看。有的人甚至转过身来。不是所有人。埃里卡知道她必须去的方向。她回家。她走着，慢慢加快了步伐。

【经典对白】

克雷默尔：我刚平静，你又来刺激我！妈的，合作些。教授，我非常想"学习"。但不能全依你的游戏规则。你不该使我泥足深陷，然后又拒绝我。请对我好一点。（抓埃里卡）你不能叫我这样离开。

埃里卡：请你停止。

克雷默尔：你要付出得多一些！我不能就此罢手，求求你爱我！你暗示我现在离开？（喘息）希望你不会将此事张扬，我是为你着想。你不可能这样侮辱男人，绝不可能！（对仍躺在地上的埃里卡）你不会有事？需要什么吗？没事吧？你知道，爱没有什么大不了。再见！

《发条橙》
冷酷的青春物语

"弟兄们哪，足踏圆舞曲——左二三，右二三——破左脸，割右脸，每一刀都令我陶醉惬意，结果造成两道血流同时挂下来，在冬夜星光映照下，油腻腻的、胖羊鼻子的两边各一道。鲜血就像红帘子般淌下来……"这是英国作家安东尼·伯吉斯中篇小说《发条橙》中的一个小片段。这本被美国评论家海门惊呼为"野蛮"的小说，由译林出版社2000年引进，10万字的小薄本，很快就翻完。

书翻完了，但仍被书中暴力的语境震惊着：哺育过莎士比亚、拜伦、雪莱、狄更斯、勃朗特姐妹、王尔德、福斯特、劳伦斯的英国，怎能冒出这么一个"另类"？《发条橙》描绘血腥的暴力狂野的青春，散发着宗教原罪的气息，跟我所读过的任何一

好莱坞为纪念逝去的大师级导演库伯里克而重放其孔庞之作名片《发条橙》，我们同步推出安东尼·伯吉斯的同名原著

[英国] 安东尼·伯吉斯 著　王之光 译

发条橙
A CLOCKWORK ORANGE

一本引发争议的小说，
哲理隐喻与暴力激荡的并行不悖，奇特意象映衬全书。
一部轰动一时的影片。
电影语言对文学经典动感再现，精彩之处赢得影坛回响。

Being the adventures of a young man whose principal interests are rape, ultra-violence and Beethoven.

STANLEY KUBRICK'S
CLOCKWORK ORANGE

个英国作家的作品都不同。它推翻了我对"英国"及"英国文学"的粗浅认知。

这样的作品必定出自一个叛逆者之手。伯吉斯的一生坎坷跌宕：他本来出生在一个天主教世家，却心安理得地背叛它；他曾希望成为作曲家，却入读了大学英文系；他强调"自由意志"，却又无法否定"命中注定受天主拯救"；他曾被告知得了不治之症只有一年的时间但仍然疯狂写作，后来却发现那是上帝跟他开的一个玩笑；他渴望有所成就写了许多书却没任何反响，但1962年这本薄薄的《发条橙》，使他一夜成名。

这本书被称为20世纪英国最惊世骇俗的小说，其实它的主题"人应该有自由意志和道德选择的权利"非常严肃。这是一部超现实主义的科幻小说，伯吉斯给我们设置了一个这样的未来世界：故事发生在后现代社会的英国，人类开始往月球上移居，地球上的道德与法律秩序不再有人关心。15岁的问题少年亚历克斯白天逃学，晚上带着哥们儿用超级暴力恐吓人们，滋事斗殴，强奸抢劫。在一次抢劫中，亚历克斯失手杀了人，被判14年徒刑。服刑两年后，他作为政府的试验品接受了一周的"矫正治疗"后，开始"一心向善"，但也失去了自由意志，成了典型的"发条橙"——外表像普普通通的橙子，内部却

是机械装置，成为上帝（影片中为政客）手中的玩具。

这时的亚历克斯终于"自由"了。但"自由"的他再也不能适应社会：过去被他揍过的老人们现在开始揍他，警察则更加残暴，因为那时的警察是昔日的小流氓担任的。失去了生存本能和欲望的亚历克斯选择了自杀。被救后他又恢复了原来的样子……当他到18岁时，却幡然悔悟，过正常人的生活了。

伯吉斯将人类最丑陋之处——暴力的本性——借亚历克斯之恶传达出来，哲理蕴含和暴力渲染并行不悖，正是该书引发争议的地方。而库布里克根据这本小说改编的同名电影，更是轰动一时，这部1971年拍竣的影片，直至2000年才在英国解禁，整整遭禁30年。

一直认为，艺术家的角色与上帝最为接近。库布里克是娱乐圈的"东方不败"，他从20世纪50年代开始走红，一直红到20世纪末去世为止。电影《发条橙》淋漓尽致地阐释了原著的精神，充斥着非凡的想象，并且以极具冲击力的音影画面，将暴力加以审美的观照，使之焕发出一种怪诞的光彩。

库布里克的电影场面叫人想起达利的画作：变形、夸张、鲜艳、超现实。记得影片开头那一幕吧：亚历克斯（马尔科姆·麦克道尔饰）那张邪恶的脸部的特写，他戴着圆顶黑礼帽，狞笑着，右眼的上下方都贴着夸张的假睫毛，带血的眼球形腕扣。然后镜头逐渐拉长，亚历克斯和他的三个伙伴，他们都外穿着白色的紧身衣，护裆内裤套

在最外面，以显示自己的性感。他们正坐在柯罗瓦奶吧中，品尝着加了迷幻药的奶茶。黑色的奶吧里亮着几盏冷光灯，四周装饰着各种颓废的艺术品，所有的桌子和椅子全做成了裸体女人的样子，比如吧桌的四条腿是女子的两手和两脚，桌面则是女人的胸脯。

在电影《发条橙》中，暴力和性都是极度直白的，这些场面给人心灵的震撼更甚于感官的刺激。废弃的赌场像一个荒颓的华丽剧院，少女在舞台上受到凌辱，几个恶棍争相堵截裸体的少女，庄严的音乐响起，少女四处奔逃。这更像是戏剧表演，而不像是现实写真。在艺术和道德之间，艺术的选择应该是第一位的。颓废的舞台、惊恐的裸女、舞蹈的步伐——库布里克使人刹那间忘却了道德，被恶与美的另类糅合惊得目瞪口呆。

而音乐与暴力的联姻则是库布里克的惊世骇俗的创造。亚历克斯和同伙殴打亚历山大夫妇时，他轻松地吟唱着《雨中曲》，并模仿金凯利的动作载歌载舞。亚历克斯惟一的审美情趣是对交响乐的热爱，他赤条条地躺在床上，一边倾听莫扎特或巴赫的音乐，一边憧憬着用靴子踩别人的面孔，或者强奸被灌得酩酊大醉、猛烈尖叫的姑娘，音乐达到高潮时，他的情欲也迸发了。更荒诞的是，亚历克斯在接受"矫正疗法"时，反映纳粹暴行的影片竟配以贝多芬的《第九交响乐》！未来的这个世界实在太疯狂太荒谬了。

当暴力成为一种仪式，并与艺术相嫁接，这部电影便有了浓烈的

寓言色彩。

　　《发条橙》在拍摄完成后，由于它里面对暴力和性的表现而被美国电影审查委员会评定为X级的电影。因此它成为了继《午夜牛郎》后的第二部得到奥斯卡提名的X级电影。电影上映一年后，库布里克删剪掉了电影里的30秒钟的镜头，才使《发条橙》的评级改为R级。

　　纽约的电影评论界评价《发条橙》为美国1971年的年度最佳电影，而库布里克则为年度的最佳导演。它还获得了奥斯卡的最佳影片、最佳导演、最佳改编剧本以及最佳电影剪接的提名。

　　人们从没遗忘《发条橙》，这本小说在书店里经常脱销，伯吉斯的柯罗瓦奶吧已经开到了因特网上，人们可以点击鼠标，随时到柯罗瓦奶吧去泡泡，发表自己的看法。20世纪60年代的英国小说70年代的美国电影，作为21世纪初的中国读者，经历了十年血雨腥风的直接或间接的洗礼，对其中的暴力场面应该并不陌生。它所讲述的故事发生在将来，也可能发生在过去或现在；它的背景是英国，也可能是美国或中国……好的作品总能跨越时间和空间直指人性深处，《发条橙》这部冷酷的青春物语也不例外。

【精彩片段】

青春必须逝去，没错的。而青春呢，不过是动物习性的演绎而已。不，与其说是动物习性，不如说是街头地摊售卖的小玩具，是铁皮制的洋娃娃，内装弹簧，外边有发条旋钮，吱吱吱扭紧，洋娃娃就走起来了。弟兄们哪，可它是直线行走的，走着走着就嘣嘣嘣地撞到东西了，这是不由自主的呀。年纪轻，就好比这种小机器啊。

【经典对白】

亚历克斯：（独白）这就是下一天，兄弟们，我已经很努力地按他们所说的一天看两次电影了。像个乐意合作的可爱小孩一样坐在那里，坐在这折磨人的椅子上。任由他们在银幕上放映那些令人恶心的超级暴力。虽然没有附带原声，总是伴送音乐，然后我注意到只要是声音嘶哑或可怖，我也会感到非常恶心。那个是路德维希·凡第九交响乐第四乐章……（惨叫）啊，啊，停止吧！停止吧！求求你们啦！罪过啊！罪过啊！罪过啊！……

医生：罪过？你所说的罪过指的是什么？

亚历克斯：那个……那样放路德维希·凡的曲子，他可没有伤害过谁，贝多芬只是写写乐曲而已！

《罗生门》
饱满的简约

简约有一种震撼人的力量。无论是简约的音乐、简约的小说、简约的电影，还是——简约的生命流程。

芥川龙之介是日本著名的短篇小说作家，被誉为"鬼才"。与永井荷风的唯美与颓废不同，他在艺术创作上求真，但又坚信人类的痛苦难以救赎。1972年，这个浪漫主义者给世人留下148个短篇小说后，感叹"人生比不上一行波德莱尔的诗"，就此将生命的钟摆定格在35岁。

日本自杀的著名作家的确不少：从20世纪的芥川龙之介、三岛由纪夫、川端康成，直到不久前（2004年）的剧作家野泽尚、女作家鹭泽萌。

日本文艺犹如榕树的气根，从自然的土壤中汲

取养分。千年前的《枕草子》
中记下了大量的四时的情趣；
东山魁夷不仅画作取材于自
然，而且散文也多涉及四季景
色；川端康成"临终的眼"里映现出来的，分明是自然之美；而黑泽
明的影片更是将深刻的寓意赋予自然界的细枝末节……

如此热爱自然的民族怎么会有那么多作家自杀？或许生活在岛国
上的大和民族，对于生命，有一种绚烂如樱、转瞬即逝的遗憾，对于
死亡，有一种蕴藉达观、视死如归的认同吧。

手头有一本文洁若翻译的芥川的短篇小说集《罗生门》（华夏出
版社，2003年版），译笔不错。50年前，年轻的黑泽明把芥川龙之介
的短篇小说《竹林中》改编成电影，名字却来自于芥川的另一个短篇
《罗生门》。电影《罗生门》成为十大经典电影之一。

小说的写法极为简约。七个人关于同一案子的不同叙述，结构
了一个扑朔迷离的凶杀故事：樵夫在竹林中发现了武士（武弘）的尸
体。武士那个年轻貌美的妻子（真砂）以及凌辱她的强盗（多襄丸）
都分别供认自己是凶手。而死去的亡灵则借巫婆之口，说自己是愤而
自杀的。樵夫、云游僧、捕役各站在不同的立场上为案情提供线索。
每个人都能自圆其说，但是将他们的供词对照一下，便发现此案叫人
摸不着头脑。当然，直到你看完，你也不会弄清谁是元凶，因为，芥

川压根儿就没想叫你知道结局是什么！他制造这个悬念只是想表明：由于客观真理并不容易搞清，每个人都可以根据自己的需要信口雌黄，颠倒黑白，捏造事实。人性是险不可测的！

当年，黑泽明觉得这篇小说是他的想法及意念付诸实验的最佳素材："将人心曲折和复杂的阴影加以素描，以锐利的刀剖析人性深处。"然而仅仅七个人的供述（甚至供述都很简洁），这么"瘦骨嶙峋"的一个短篇小说，怎能改编成80多分钟长的影片呢！

并且，黑泽明的影片中没有一个多余的镜头，手法简约至极却又让人感觉饱满细腻。

简约和饱满为什么能并行不悖？这种感觉一直在我心头盘旋着，挥之不去。前些日子翻看日本电影评论家佐藤忠男的一篇关于电影《罗生门》的评论，其中对电影镜头的分析使我豁然开朗。

《罗生门》中的许多事物都有特殊的喻指，比如阳光。

樵夫（志村乔饰）钻进灌木丛中，透过树枝的空隙拍摄阳光，光芒灿烂。然后是武士的妻子真砂（京町子饰）在同一片灌木丛里遭到强盗多襄丸（三船敏郎饰）的蹂躏。强盗在绑着她丈夫武弘（森雅之饰）的树前紧紧地抱住她，拼命地接吻。她接吻时睁开的眼睛里，太阳一闪一闪地发着光。

这部分是这样拍的——

哭泣的真砂。（特写）

后景的多襄丸走近前来。真砂用短刀猛扎，多襄丸让过去，然后拦腰把她抱住。

多襄丸（笑）"哈，哈，哈……"

武弘（特写）下意识地闭上眼睛。

拥抱真砂的多襄丸（近景）扭过头来向武弘笑，强吻真砂。

太阳。（远景）

仍在接吻的多襄丸和真砂。（特写）

摇摄大树树梢。（仰角远景）

继续接吻的两人（仰拍、远景）画面左前方是多襄丸的后脑勺。真砂睁开眼看着他。

太阳。（远景）

仍在接吻的两人。（特写）

太阳被浮云遮住。（远景）

仍在接吻的两人（特写）画面左半部是多襄丸的后脑勺，右半是真砂阖起来的左眼。

真砂的右手（特写）握在手里的短刀，出溜一下掉了下来。

戳在地上的短刀。（特写）

单是强盗和女人接吻这一简单动作，就分了14个镜头，有节奏地组接在一起。这些镜头所以能够给人以强烈印象，是因为镜头之间反复穿插了太阳的特写镜头。京町子扮演的真砂看着太阳遭到蹂躏，当

她被耀眼的光芒照得视觉模糊的时候，摄影机调转镜头，把多襄丸满脊背的汗珠——同样在阳光下闪闪发光——拍得宛如钻石一样美丽。并且，让真砂的手爱抚着那满是汗珠的脊背，暗示她处于心醉神迷的境界。

……

很少能见到改编的电影比文本本身更棒的，《罗生门》算是一部。它以视觉的震撼力和冲击力，补充了文本表达的不足。

忽然想起苏青做大衣这件风马牛不相及的事：有一次，苏青做了一件黑呢大衣，试样子时约了张爱玲和炎樱去看。结果，两个人认为苏青适合最简洁的款式，建议苏青去掉翻领，去掉装饰性的褶裥，去掉方形大口袋，去掉过高的垫肩，将前面的明扣改成暗扣……最后衣服的样式简洁至极了，宽博的黑呢大衣穿在苏青身上，叫人想起一个词：乱世佳人。

《罗生门》简约得如苏青的那件大衣，是20个世纪中叶影坛的"乱世佳作"。

东方的美学思想往往于单一中蕴含着多元，一生二，二生三，三生万物，万物归根到底还是生于一。这部《罗生门》即以最简洁的叙事，最简单的场景，求得最震撼人心的效果——简约是指它的外在与表达，饱满才是它的内涵与本质。《罗生门》包含了现代电影的N个流行元素：凶杀，谎言，抢劫，性（强奸），巫术，宗教，伦理（弃

婴）……眼花缭乱了吧？！

【精彩片段】

　　咳，杀死个把男人，并不是像你们想的那样了不起的事。要抢女人，男人横竖是要给杀死的，只不过我杀人是用腰间佩的大刀，而你们杀人不用刀，单凭权力，凭金钱，往往还仅仅凭了那张伪善的嘴巴就够了。不错，血是不会流的，人还活得好好的——然而还是给杀了。想想有多么罪孽呀！谁知道究竟是你们坏还是我坏呢？（嘲讽的微笑）

【经典对白】

　　武弘（借女巫之口）：那强盗强暴了我的妻子之后，就坐在那里百般抚慰我那妻子来。我妻子悄然坐在幼竹的落叶上，两眼盯着膝盖，那强盗花言巧语地直说："哪怕是一回，身子已是被玷污了。再去跟你那丈夫，相处也不会和睦。与其如此，还不如做了我的浑家如何？"他说他是真心爱她，才会如此莽撞。强盗这样一说，我那妻子竟然听得出神。我从来也不曾见过我妻子像这个时候那么美！可是我那美貌妻子当着眼前被捆起来的丈夫是怎么回答强盗的

呢？"随便去哪里都行！随便去哪里都行，带我走吧！"她的确就是这样说的！可是，她的罪孽并不单是这么一点儿！如果光是这么点儿的话，我还不至于在这幽暗里苦到这般地步。"你给我杀了他！他不死，我不能跟你在一块儿！你给我杀了他！"这句话，就像暴风一般，直到如今还要把我像倒我葱似的吹下无底的幽暗深渊里去。啊！啊！从人的嘴里能说出这样可恨、这样该诅咒的话吗？！连那强盗听到这样的话都大惊失色了！

《蝴蝶梦》
惊悚之美

　　清楚地记得，自己是在大二时，用一个下午"吃掉"达夫妮·杜穆里埃的《蝴蝶梦》的。当时有文艺欣赏课，与书相对照的有原声电影可看。为了电影，我先吞下了书。

　　为林智玲的译文所打动，小说的开头成了我心中的经典："昨晚，我梦见自己又回到了曼陀丽庄园……烟囱不再飘起袅袅青烟。一扇扇小花格窗凄凉地洞开着。这时，我突然像所有的梦中人一样，不知从哪儿获得了超自然的神力，幽灵般飘过面前的障碍物。车道在我眼前伸展开去，蜿蜒曲折，依稀如旧。……"有什么比逃课看闲书更美的事情呢？书中的女主角一直用第一人称来叙述，随着她的行踪，我如痴如醉地飘荡到曼陀丽庄园，随她进入无法预测的新生活。

　　也许那时青春年少，只当它是本爱情小说来读。"我"是一个孤苦伶仃的女子，给骄横的富婆范·霍珀夫人做伴侣——花钱雇来的女伴。在法国的蒙特卡罗，遇到著名的曼陀丽庄园的主人、风度翩翩的英

国绅士德温特先生，进而羞怯而又热烈地爱上了他。那是"我"的初恋。之后，"我"匆匆地成为"德温特太太"，被带到了梦想中的曼陀丽。显然，"我"并不胜任曼陀丽的女主人，管家丹弗斯太太处处刁难"我"、歧视"我"，一些话题或事情成为德温特先生的禁忌，而曼陀丽的前女主人吕蓓卡，总是阴魂不散，处处影响着"我"，压抑着"我"……后来由于一场海难打捞上一只沉船，船上的尸体正是吕蓓卡，自杀？他杀？经历了这场灾难，德温特先生和"我"才开始心心相印，横在"我们"中间的那个阴影总算逝去。

爱情。谎言。舞会。死亡。吕蓓卡半透明的黑色蕾丝睡衣。丹弗斯太太死人般冰冷的手……这可不是一般的爱情片哦。看完小说又对看这部1939年拍竣、1940年获奥斯卡奖的黑白片，让我神魂颠倒——影片透露着绝对惊悚的美，像吕蓓卡临终时的微笑：残酷，神秘，妖艳。

重温这部影片，已是10多年后。那年夏天，找来所有能找到的希区柯克的碟片，一部部地疯看，《后窗》、《群鸟》、《爱德华大夫》、《晕眩》、《三十九级台阶》……还有这部《蝴蝶梦》。希区柯克的电影特别理性化：或许别的电影会使你深深地融进去，但希区柯克的不会，它拒绝融入，只要你保持冷静的态度去欣赏，去追问，去质疑。他很骄傲，不屑于煽情，他是在跟你玩智力游戏——在《家庭阴谋》中，他甚至亲自指点着发生凶案的地点，以局外人的身份向观众提问：凶案是怎样发生的？

作为希区柯克惟一的一部获奥斯卡奖的影片，《蝴蝶梦》其实算不上他的代表作，《后窗》、《西北偏北》、《惊魂记》才是，它们充斥着希区柯克式的电影元素：足智多谋的拍摄手法、不可思议的男女角色关系、戏剧性的真相、明亮鲜明的色彩、内敛的玩笑戏弄、机智风趣的象征符号和能支配人心的悬疑配乐。

《蝴蝶梦》有些例外，它是一个悬疑的文艺片，它的底色是玫瑰灰色的，暗，但不是暗到底。即使最终曼陀丽庄园毁在了丹弗斯太太的手里，成为一片荒芜，但还有一丝暖色："我"终于赢得了德温特先生的心。爱情永远都不会成为希区柯克作品的主线，希氏的作品里极少柔情。那些爱情也都被搁置在繁复的罗网中，掺杂了令人生疑的血腥的气息。《蝴蝶梦》里的爱情也只是一个线索，是一丝暖色，但这丝暖色非但未能掩盖住影片的本来面目——惊悚，反而使惊悚的感觉有了背景和衬托，就像月光下的浓阴，因了那月光的陪衬，阴影才更加深重。

一直以为鬼是最可怖的，其实，鬼没人可怖，有些人正是鬼的代言人，比如丹弗斯太太。女作家拥有天生的描摹本领，比如杜穆里埃，丹弗斯太太的独特形象经她三言两语便立了起来："此人又高又瘦，穿着深黑色的衣服，那突出的颧骨，配上两只深陷的大眼睛，使人看上去与惨白的骷髅脸没什么两样。……沉重下垂的手，死一样冰冷，没有一点儿生气。"而影片中永远穿着黑色衣服的丹弗斯太太在吕蓓卡房间不声不响地出现时，我忽地打个寒战——这老家伙是个幽灵哦，她在代吕蓓卡向"我"宣战。尤其是舞会那一段，她不动声色地唆使"我"穿上与死去的吕蓓卡同样的裙子，使德温特先生惊怒万分，而"我"也遭受了前所未有的失败，一时心慌意乱。这时，丹弗斯太太又飘忽到站在窗边的"我"的身边，脸上挂着怪笑，鬼魅般对着"我"耳语："曼陀丽没人需要你……你为什么不往下跳？为什么不试一下？……跳啊，跳嘛，别害怕……"

看到这里，皮肤上会涌出鸡皮疙瘩，头皮会发紧，手会冰凉，心会绝望得几乎停止跳动。这才叫惊悚啊！联想起日本影片《午夜凶铃》的一段经典的恐怖镜头：电视里的女鬼拖着长发从井口里爬出来，湿漉漉地一直爬出电视，爬向看电视的人，然后这时，盗版碟里传来观众的哄然的笑声（所盗为影版）——拜托，敬业点吧，我们哪有那么幼稚啊，就那么容易给吓住吗？希区柯克的电影里不大会出现如此刺激的镜头，但他那种不动声色的"冷"恐怖着实比血淋淋的镜头还惊悚——希氏的惊悚是以冰冷的手探摸人性的最深处。

看希区柯克的电影应该是一大享受，他给你一个概念：看电影是好玩的事情，是一种智力操练，是成人的游戏。他不仅仅引领着观众去寻找凶手，他还亲自现身在影片中，给电影这门艺术开个小小的玩笑：《蝴蝶梦》的电话亭旁，《电话谋杀案》在墙上的某张小照片里，《西北偏北》一开始他提着大提琴箱子，拼命拍公车的门想要上车，《惊魂记》他出现在房地产公司，《群鸟》片头他拉着狗走出鸟店……他的身影已经成了希

区柯克电影的一个标牌，一个注册商标。

希区柯克偏爱金发美女，比如《蝴蝶梦》中的琼·芳汀、《后窗》、《电话谋杀案》、《捉贼记》中的格蕾丝·凯莉、《迷魂记》中以冒牌身份假跳楼的金·诺娃、《怪尸记》里认为自己才是杀死丈夫凶手的莎莉·麦克琳、《擒凶记》的桃丽丝·戴、《西北偏北》的伊娃·玛莉、《惊魂记》里面在浴室被谋杀的珍妮·李、《群鸟》及《艳贼》里的提比·海德莉、《冲破铁幕》的茱莉·安德鲁斯……这些都是影坛上的金发美女。他曾经说过："金发美女最适合被谋杀！想象一下，鲜红的血从她雪白的肌肤上流下来，衬着闪亮的金发是多么美啊！"

——大师追求的是绝对纯美的惊悚！

【精彩片段】

我站直身，走到靠椅边，摸了摸椅子上的晨衣，又捡起拖鞋拿在手中，一阵恐惧之感猛地袭上心头，越来越强烈，接着又渐渐演化为绝望。我摸摸床上的被褥，手指顺着睡衣套袋上字母图案的笔划移动着，图案是由"R de W"这几个字样相互叠合交织而成的。凸花字母绣在金色的缎面上，挺硬挺的。套袋里的那件睡衣呈杏黄色，薄如蝉翼。我摸着摸着，就把它从套袋里抽出来，贴在自己面颊上。衣服凉冰冰的，原先一定芬芳沁人，散发着白杜鹃的幽香，可是现在却隐隐约约透出一股霉味。我把睡

衣折叠好，重新放回套袋，我一边这么做，一边感到心头隐隐作痛；我注意到睡衣上有几条折痕，光滑的织纹陡然起了皱，可见从上回穿过以后一直没人碰过，也没有送去洗熨。

【经典对白】

丹弗斯太太：我看见你下楼的，就像一年前看着她一样。虽然衣服一样，可你没法跟她比。

德温特夫人：你知道，你知道她穿过！可你故意捉弄我！你为什么这么恨我？我怎么得罪你了？

丹弗斯太太：你想占夫人的位置，让他娶你！我看得出，他的眼睛，我经常听见他在楼上走来走去，他整夜地想念夫人。他因为失去了夫人而痛苦！

德温特夫人：我不知道，我不要知道！

丹弗斯太太：你以为可以做夫人了，住她的房子，用她的东西，可她比你强得多，你比不上她！虽然她最后失败了，可她不是被人战胜的，而是被大海！

德温特夫人：噢，别说了，别说了！

……

丹弗斯太太：他不爱你，你还待在这儿干什么？活着有什么意思？你往下看看吧，这不是很容易吗？你为什么不？为什么不呢？去吧，别害怕呀！

《夜访吸血鬼》

触摸另类的孤独

仲秋的晨风有些凉，东方微微泛红。她站在顶楼的阳台上，眺望着东方，那日升之处，白色纯棉绣花睡衣上还残留着梦的余韵。她燃根烟，抽出胳膊下夹着的书，就着晨光，翻开书页。那是一本精装本的《夜访吸血鬼》（译林出版社2002年版），她其实已经在昨夜看完。书的第14页，记录着路易在变成吸血鬼之前最后一次见到的日出的情景："阳光慢慢爬上落地长窗的窗顶，网眼窗帘透进淡淡的白光；窗外的树叶，在曙光的映照下，片片闪烁。然后，阳光从窗户照进房间，把窗帘的网眼撒满石板地，撒满妹妹的全身……水罐里的水在阳光的照耀下更显得波光粼粼。我能感觉

到阳光照在我放在被外的手上，又慢慢移到我的脸上……那是……我的最后一次日出。"她听到自己的心如鼓一样咚咚地跳，太阳在鼓声中渐渐升起。

这本书已在她手中滞留了两个星期，虽然总是有事打断她的阅读，但她还是坚持下来。她很挑剔，在她的阅读概念里，它仅仅是一本流行小说，并非名著。但两个星期的断续阅读，却一直叫她放不下。她想，这本书或许永远不会成为名著，但它的确是吸血鬼文化中的经典。

她已沉迷进小说之中，沉溺于美国女作家、"吸血鬼之母"安妮·赖斯于1976年虚构的魔幻世界。她用心去体会路易——这个人性尚未完全丧失的吸血鬼——所有的感受。

路易本来是200多年前美国新奥尔良的庄园主，弟弟的猝死使他深深自责，于是被一个叫莱斯特的吸血鬼改变成吸血鬼，以猎杀人类饮血为生。后来，他们又将5岁的小女孩克劳迪娅变成吸血鬼。数十年后，克劳迪娅想摆脱莱斯特，便设计将他杀掉，然后和路易一起逃到欧洲，在那里寻找同类。最后在巴黎，发现一个吸血鬼剧院，里面有众多的吸血鬼。路易被一个叫阿尔芒的吸血鬼吸引，克劳迪娅为自己找到一个女伴和母亲。由于克劳迪娅杀死同类的事情败露，从而遭到这群吸血鬼的剿杀，克劳迪娅和她的"母亲"被这群复仇的吸血鬼烧死。路易悲恨交加，放火烧了剧院和那帮吸血鬼，独自去面对他孤

独的永生……

　　作为吸血鬼，路易无疑是另类的。路易并未完全丧失他的人性，还保留着人类的爱与恨。无论对他的同类还是对人类，他都充满关爱和柔情，但吸血鬼的本性使他不得不大开杀戒，所以他充满负罪感，不停地追问是否有上帝存在，吸血鬼是否撒旦的孩子……生与死，爱与恨，杀生与负罪，柔情与冷漠……这就是路易的矛盾和痛苦。他的另类使他备尝永生的孤独。

　　她喜欢听鬼的故事。1976年，这本书诞生的时候，她读小学，正是求知若渴的年龄，那个时代虽无书可读，却不乏鬼故事。所有的鬼故事，都是她的奶奶在夏夜纳凉及漫长冬夜里讲述的。吊死鬼的长舌头，吸血鬼的绿眼睛，溺死鬼的湿头发……都曾吓得她夜不能寐。读《聊斋》这类书时，她正进入青春期，孤僻、沉默，时常游离于众人之外。阅读不仅带给她极大的愉悦，丰厚了她的灵魂，也使她与同龄人区分开来。

　　虽然她早已不是那个疑神疑鬼的小姑娘，但她仍对未知的世界怀有极大的兴趣，哪怕是虚构的鬼世界。赖斯的吸血鬼世界给了她极大的震撼："莱斯特的心跳声混合着金属般尖利的大笑声，犹如许多钟被同时敲响，震耳欲聋，久久回荡。慢慢地，两种声音柔和地交织在一起，清晰可辨，犹如一组钟乐，优美和谐……"这个世界是诗意的，像波德莱尔的恶之花，美丽、虚幻、堕落又邪恶。路易在全世界

周游、埃及、希腊、意大利、小亚细亚……跟着自己追求艺术的感觉走。时光飞逝而过，他以一个吸血鬼的方式饮尽这世界的美丽！路易的游历使她嫉妒，因为，那种游历方式正是她所向往的。她叹息：此生无缘以任何方式去"饮尽这世界的美丽"了！没有时间，没有金钱，更没有——一个可以永生的身躯。

她沐浴在晨光中，阳台上的植物生机勃勃，仿佛能听到它们滋滋生长的声音。远处的楼群在薄雾中像漂浮着，似乎能够移动。晨练的人们已经起身，跑步声渐渐传来。这是她一生中无数次看日出中的一次，以后还会有许多次。但路易再也不会有了。她想：我还是以人的方式体会这个世界吧，至少可以无数次地欣赏鲜红的朝阳和血般的落日。

夜幕降临，她再次潜入吸血鬼的世界。这次引她进入的不是325页厚厚的文本，而是长达123分钟的影碟。1994年，华纳电影公司将此吸血鬼故事改编成电影，尼尔·乔丹导演。影片自始至终都弥漫着一种唯美的格调和精致的颓废气息。汤姆·克鲁斯饰演的吸血鬼莱斯特冷酷，血腥，优雅，高贵，浑身散发着致命的吸引力。布拉德·皮特饰演路易，冷漠而忧郁，偶尔闪现人性的纯真与执著。小童星克尔斯滕·邓斯特饰演克劳迪娅，慑人的妖娆使人难以抵抗。

然而，吸引她的不再是那熟悉的剧情，而是影片中那无处不在的幻灭气氛以及一个个在黑夜中踯躅的身影。路易是孤独的，

身为吸血鬼却无法接受这个现实，仍残留着人类的爱与恨，成为吸血鬼中的异己；莱斯特是孤独的，没爱过人，也不被人爱；克劳迪娅也是孤独的，她具有一颗成熟的心灵却拥有一副永远无法长大的躯壳；阿尔芒也是孤独的，身为吸血鬼的领袖却无法得到想拥有的人；生活在吸血鬼剧院里的每个吸血鬼都是孤独的，与世上惟一的伙伴们相处却尔虞我诈……

她常常独自坐在静夜里看碟或书，她也是孤独的。当片尾死而复生的莱斯特呼啸而来时，她真的给吓住了；然而，当她打开这封新到的电子邮件，立刻汗毛倒竖，恐怖骤生：

……如果你不喜欢这部电影——告诉我。当面笑我，写信，打电话。……我的旅行计划不能拖延。就像我总说的，如果你注定要在剩下的时间里周游世界，你很可能就会真正地沉湎其中。今天它已经太简单了，当你在夜里飞往欧洲，然后仍会在黑夜到达，谁还需要棺材？我总是自己旅行，什么都不带。那些乘务员们很美味……

——你的朋友：莱斯特

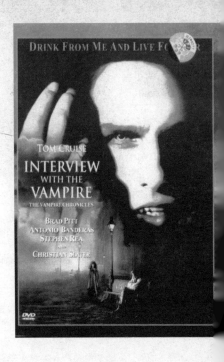

【精彩片段】

　　我吸血鬼的本性是我生命中最辉煌的经历，在此之前，一切是混沌、迷乱的，我为人的一生就像一个瞎子从这件实物摸索到那件实物。正是在我变成吸血鬼之后，我才第一次对生命产生了崇敬的心理；在变为吸血鬼之后，我的眼里才有了活生生的、跳动着的人类。我从来不了解生命，直到鲜血涌进我的双唇，流过我的双手（我才知道什么是生命）！

【经典对白】

　　克劳迪娅：路易，她怎么啦？

　　路易：她要死了。你也经历过，只是你太小不记得。

　　克劳迪娅：但她若死……

　　路易：只是凡人的死。别逼我重蹈覆辙，吾爱。我们现在扯平。

克劳迪娅：什么意思？

路易：在房间死去的不是那个女人，所死去的，是我身为凡人的最后一丝人性。

灿然沉寂

《日瓦戈医生》
苦难中勃发的诗意

很少有书能打痛你，让你流泪。那本让你痛得热泪盈眶的书就是一本好书，因为它触动了你心里最柔软的部位。

《日瓦戈医生》（外国文学出版社1987年版）厚得像一块砖，毫不起眼地挤在图书室书架的一角，积满灰尘。我将它拉了出来，轻轻拍打它，翻了翻，竟然立刻翻到第597页，那里竟然还有那张几年前我夹进去的小字条！几年来，这本书没人再读它，甚至翻它。字条上面草草的几个字：日瓦戈和拉拉的诗意生活。这行字使我耳边立即飘起那著名的《拉拉之歌》。

不敢轻易翻看俄罗斯的文学作品，太沉重，太冷峻。不说那史诗般的《战争与和平》，即使

短篇的《装在套子里的人》，已让人望而却步。所以只看托翁的《复活》，屠格涅夫的《初恋》，帕乌斯托夫斯基的《金蔷薇》，布宁的《最后一次幽会》……根植于俄罗斯大地上的俄罗斯文学，像白杨一样质朴挺拔同时又因风雪的侵袭而伤痕累累，抚摸它，叫你的手很疼痛；那白杨树上的眼睛，是索尔仁尼琴、茨维塔耶娃、帕斯捷尔纳克……

终有一天，还是与帕斯捷尔纳克对视了。《日瓦戈医生》这本书因同名电影中的主题曲《拉拉之歌》而走进我的视野；而《拉拉之歌》正从第597页日瓦戈和拉拉短暂诗意的生活中响起，此时距日瓦戈与拉拉永别只剩下薄薄的17个页码，17页后，日瓦戈将孤独地站在傍晚的空气中，麻木地喃喃自语：永别啦，我永远失去的惟一爱人！拉拉离去，这一去是和日瓦戈的永别，日瓦戈感到心中"明亮的太阳落山了"，从此，这个与世道格格不入的旧式知识分子日瓦戈，便开始了更为艰辛的生活历程。

我一直相信，一个人和另一个人的偶然相遇深藏着不可诠释的必然。就像《不可承受的生命之轻》中特蕾莎和托马斯的偶然相遇一样，日瓦戈与拉拉的相遇同样是冥冥之中的注定，与其说是作者推动了情节的发展，不如说是那不可把握的命运。

与拉拉结合之前，日瓦戈与她有三次偶遇，每次都在一个不同寻常的场合。

DOCTOR
ZHIVAGO
齐瓦哥医生

　　第一次，日瓦戈还是个中学生，在"黑山"旅馆，他见到正伏案浅眠的拉拉。当时拉拉的母亲因女儿与律师兼政客的科马罗夫斯基不清白的关系而羞愤吞碘自杀未遂。那时的拉拉，是一个被污辱与被损害的17岁的少女。

　　第二次，在盛大的舞会上，医科大学生日瓦戈，意外地目击了拉拉向科马罗夫斯基开枪射击。六神无主的拉拉十分憎恨那个影响她一生的家伙，她决定铤而走险，准备打死他。这次见面使日瓦戈惊呆了，"她美得多么骄傲啊。"他心里感叹。

　　第三次，军医日瓦戈邂逅了寻夫的拉拉。拉拉与坚定的革命者安季波夫结合并生有一女，安季波夫抛妻弃女投身革命，而拉拉一路找来，在陆军医院做了护士，巧遇了日瓦戈医生。拉拉成熟了，但她那教人猜不透的悒郁寡欢的目光和不知失落在何方的一种神色，叫日瓦戈深深爱怜而倾心，医生第一次表白了他的感情，可是并没得到拉拉的回应。后来，拉拉离开了。而日瓦戈也准备返程回家。

　　帕斯捷尔纳克一定是怀着深深的爱意来写拉拉，写她的屈辱，她的苦难，她的善良，她的美丽，他像日瓦戈一样，包容她的一切，爱她圣洁的虔诚和备受磨难的心灵。

《日瓦戈医生》下卷第一章，标题为"抵达"。日瓦戈一家从莫斯科逃难到了遥远的小镇瓦雷金诺，物质生活极度贫乏，但精神生活却很饱满。他开始阅读和写作，并常去尤里亚金市图书馆。在图书馆，他再次遇到拉拉，这次相遇，是日瓦戈生命的一次抵达！

抵达。这个词不期而至，竟然叫我涨满泪水不知所措：抵达——人生有多少等待会有结果，有多少愿望能够抵达？

爱是尘世人的幸福。爱是一种运动，是不顾一切的相聚。日瓦戈与拉拉的相聚，正是因了爱的凝聚的力量。

但爱更是一种旅行，没有相应的分离就没有相聚，在爱中，一切都凝聚成欢乐和礼赞，但如果它们以前不是分离的，它们就不会在爱中凝聚。日瓦戈后来经历了战争，逃跑，跋涉，他和拉拉如地球和月亮一样在时空中相互牵引。他一生中最幸福的日子是和拉拉再次相遇，重返瓦雷金诺，在冰天雪地的木屋里度过的十多天，那短暂的世外桃源的生活，使他痛饮爱情的醇美，继续着思考与写作，"窗外是微微发蓝的冬天的寒夜"，拉拉"洁净的轮廓，同洁净的冬夜、白雪、星星和月牙融合成一股意义相等的热浪，它穿过医生的心底，使他兴高采烈，并由于感到身心洋洋得意的洁净而哭泣。"

帕斯捷尔纳克是俄国四位诺贝尔文学奖金的获得者之一，其间由于他是"生活在苏联的苏联作家"而一波三折。1958年，鉴于《日瓦戈医生》所取得的艺术成就和世界性影响，瑞典文学院再

次考虑授予帕斯捷尔纳克诺贝尔文学奖，终于获得通过。帕氏在获悉自己得奖后，很快致电瑞典文学院，表达了自己的喜悦之情："无比激动和感激，深感光荣、惶恐和羞愧。"然而接下来发生的事却变得十分微妙，有关小说问题的政治化倾向使得苏联政府介入了此事，无奈，帕斯捷尔纳克宣布拒受诺贝尔文学奖。帕斯捷尔纳克的委曲求全加上世界舆论的帮助，使他免于被驱逐出境，仍留在自己的祖国，住在莫斯科郊外的小村庄里，直至病逝。

1965年，《日瓦戈医生》由美国米高梅电影公司改编成电影，英国的"电影诗人"大卫·里恩执导，1966年获得奥斯卡10项大奖。总觉得俄国经典的名著被美国人拍成经典的电影有一种荒谬感，没法接受英语的对白。2003年，71岁的奥玛·谢里夫因在《日瓦戈医生》中塑造的热情、敏感、深爱情人却又不愿伤害妻子的医生、诗人日瓦戈已成为电影史上的经典形象，而获第60届威尼斯电影节颁发的终身成就奖。电影中的拉拉形象已不甚鲜明了，但莫里丝·雅尔作曲的《拉拉之歌》却永远回荡在耳际。记忆深处最珍贵的一刻凝固，音乐的诠释是经典之作的点睛之笔。

这首主题曲叫人联想起雪原，白杨，木屋，晕黄的灯光，袅袅的炊烟……俄罗斯民族是浪漫的民族，那浪漫从亘古起即流淌于一望无际的辽阔原野，世世代代繁衍着，再深的苦难也掩不住它生机勃勃的永恒的诗意！

　　偶然翻到一个叫wonderfulfrog的网友发的帖子：2003年的一天下午，我没有工作、前途迷茫，她也走了，长期的睡眠不足让我时常神经质和歇斯底里。理个发之后，我一个人看了《日瓦戈医生》。哭了，没有原因，只是哭，很纯粹……

【精彩片段】

　　树林里挂满五颜六色的熟浆果：碎米养的漂亮的悬垂果、红砖色的发蔫的接骨木和颜色闪变着的紫白色的绣球花串。带斑点的和透明的蜻蜓，如同火焰或树林颜色一样，鼓动着玻璃般的薄翼，在空中慢慢滑行。

　　尤里·安德烈耶维奇从童年时起就喜欢看夕阳残照下的树林。在这种时刻，他觉得自己仿佛也被光柱穿透了。仿佛活精灵的天赋像溪流一样涌进他的胸膛，穿过整个身体，化为一双羽翼从他肩胛骨下面飞出。每个人一生当中不断塑造的童年时代的原型，后来永远成为他的内心的面目，他的个性，以其全部原始力量在他身上觉醒了，迫使大自然、树林、晚霞以及所能看到的一切化为童年所憧憬的、概括一切美好事物的小姑娘的形象。"拉拉！"他闭上眼睛，半耳语或暗自在心里向他整个生活呼唤，向大地呼唤，向展现在他眼前的一切呼唤，向被太阳照亮的空间呼唤。

【经典对白】

拉拉：如果我们在以前相遇会相爱吗?

日瓦戈：在那以前相遇? 会的。

拉拉：我会结了婚而且有了孩子。如果我们有孩子，你喜欢男孩还是女孩?

日瓦戈：这恐怕是梦吧? 你想得太远了。

拉拉：我总是喜欢那么想。

《傲慢与偏见》
与奥斯丁一起喝下午茶

1813年。英国，查乌顿村。简·奥斯丁的居所。

这是一幢朴实无华的两层楼建筑，房舍一面临路，三面花园环抱，芳草萋萋，绿树成阴。我认识路旁的那棵枥树，它是奥斯汀亲手栽种的。奥斯丁要亲自操持家务，忙个不停。在那个年代，女人写小说并非一件值得夸耀的事，像奥斯丁这样的女子，一个和母亲及姊妹们住在一起的38岁的老姑娘，写小说只是她"分"外之事。假如她在当代中国，媒体会称她为"六十年代生人"，很失落的一代，夹缝中的一代。

她的居室朴素而和谐：坚实的木质地板，一些小摆设都放在恰当的位置，墙纸花纹简练而协调，墙上的名画色彩明朗、人头像栩栩如生。

居室的门很特别，推的时候能发出声响；她的书桌更特别，像中国的缝纫机面，中间有个可以开合的板。奥斯丁文静地微笑着，轻声解释：有人推门而入，我可以听得见；然后快速地将书稿藏进书桌里……

这让我想起弗吉尼亚·伍尔夫。这个比奥斯丁晚一个世纪的英国女作家，倡议女人要有一间自己的房间：有一间自己的房间，女人就可以平静而客观地思考，更可以不受干扰地进行创作，记下自己这一性别见到的"像蜘蛛网一样轻的附着在人身上的生活"。

幸运的是，奥斯丁拥有一间自己的房间，虽然她只能在半隐秘的状态下写作，但她却可以终身不嫁，过着相对稳定平静的生活，永远地以婚姻和爱情为主题去写作。有评论家断言，"奥斯丁之所以成为伟大的艺术家，一定是因为有种特殊的、从未被打破的平衡，赋予她足够的冷静、耐心、泰然和安逸心情"。

一杯清茶，一本《傲慢与偏见》（译林出版社2000年版），一盘罗伯里·奥纳导演同名的影碟，我和奥斯丁——两个女人的下午

茶。（以下称"我"和"简"）

我：《傲慢与偏见》出版于1813年，距我所生活的年代已有180多年。这本书描述了四起姻缘，你最看好哪一起？

简：照我看来，婚姻是有好坏之分，像夏洛特和柯林斯那样，纯粹建立在经济基础之上，毫无感情可言；像莉迪亚和威克姆那样，纯粹是建立在美貌和情欲之上。这两起婚姻，是坏的婚姻，不会长久幸福。而像简和宾利，伊丽莎白和达西，这两起婚姻是建立在感情之上，尽管在门第上还存在一定差别，但他们情意融洽，恩爱弥笃，是美满的婚姻。

我：但是如果没有其他附件，诸如人格自尊、经济条件、家庭支撑等等的支撑，爱情便终将是脆弱的。如果宾利没有5000英镑的年收入，简的母亲贝纳特太太还会怂恿自己的女儿去追求宾利吗？如果达西没有足够的财富，他能摆平威克姆，平息莉迪亚和威克姆的私奔丑闻进而赢得伊丽莎白的芳心吗？

简：那倒也是。我从来不否认这一点。这个世界，凭理智来领会是个喜剧，凭感情来领会是个悲剧。中国有个女作家张爱玲曾经说过："生命是一袭华美的袍，上面爬满了虱。"我不这样看，我是凭理智来领会这个世界的，所以生活在我看来是一出喜剧。

我：是的，你总是世事洞明、涉笔成趣，用绵密的文笔描绘一个充满喜剧色彩的世界。因为对现实的了解对人物的体察而不放过讽

刺嘲弄的机会；因为对世俗生活的热爱，你的嘲讽里一直有宽容的底色。最喜欢伊丽莎白，她不仅仪态大方，端庄秀丽，而且机智豁达，是一般女性所不具备的。你看她的母亲贝纳特太太，"智力贫乏，孤陋寡闻，喜怒无常"，她的好女友夏洛特为了一张"长期饭票"宁愿嫁给毫无感情的柯林斯；她的妹妹莉迪亚更是蠢女一个，为了暂时的情欲不惜败坏名声与威克姆私奔；而宾利小姐高傲自大，心胸狭窄，目中无人……这些女人们衬托得伊丽莎白活泼可爱，光彩夺目，极富人格魅力，最后连傲慢自大的贵族子弟达西也为她的独立与机灵所折服。

简：伊丽莎白是我心目中接近于完美的女性，所以写到最后，"有情人终成眷属"，写她对达西消除了所有的偏见，接受了他的求婚，给她一个美好的归宿。说到电影，我喜欢葛丽亚·嘉逊饰演的伊丽莎白，她的形象及气质比较接近原著的精神。

我：嘉逊本人即充溢着一种气质典雅的美、一种过人的智慧。她像静静的湖水，清澈、晶莹、美丽。更何况，她从小学到大学一直是优等生，这一切都自然地组成了一个文静、高雅、睿智、聪慧美丽、娇而不艳的格丽亚·嘉逊。她的表演适度、自然，而又充溢着一种气质典雅的美，这与她高深的文化教养是密不可分的。只可惜1968年，她与德克萨斯州的百万富翁巴迪·弗盖尔结婚，怀着一种失落的心情离开电影界，过早地结束了她的艺术生命。"最恨一个有才华的女子突然嫁人。"——果真如此啊！像你一样，她的作品不多但

每一部都给人们留下深刻的印象：《居里夫人》、《傲慢与偏见》、《米尼佛夫人》、《空谷芳草》……

简：奥立佛饰演的达西稍逊一筹，他过于阴郁。

我：他是个"经典狂"啊，他将多部英国文学名著搬上好莱坞银幕呢！《呼啸山庄》、《亨利五世》……由他导演、主演兼制片的影片《王子复仇记》最棒，捧走了四项奥斯卡大奖，世界影坛由此站立起一个不朽的艺术形象——哈姆雷特，他因此获得"忧郁王子"的美誉。但中国观众最熟悉的还是他饰演的《蝴蝶梦》中的德温特……

简：这个男人很有魅力。你想一想，一个令"乱世佳人"费雯·丽爱得死去活来，甚至不惜背叛丈夫的男人该是个怎样的男人？他与费雯·丽合演了影片《英伦之战》，正是在那部影片中两人擦出了爱的火花。但这对爱侣的爱情进行时很长，结局却以离婚告终。所以……女人为什么一定要有婚姻？

我：我也知道你的不幸的爱情故事……

简：他们的故事如果写出来，也是一部爱恨交加充满激情的作品哦。这个题材倒是适合夏绿蒂·勃朗特。我只能理智地写一写我身边的人和事，对于过多的情感波折，笔力不达。

我：哪里！一百多年来你的读者一直不断，读你是繁杂俗世中的一种安慰，是情感满溢时的一针清醒剂！像韩剧在当代中国的流行，说明人们从中能够得到抚慰，从而给自己的心灵找到一个安宁的居所。

简：那么，你为什么阅读呢？

……

初冬的阳光洒满高大疏朗的梧桐树，那几株树后是我常去的打折书店。书店里照例人很少，《傲慢与偏见》和《中国式离婚》齐齐站在书架上，奥斯丁和王海鸰同样寂寞。

是啊，为什么阅读？我站在书架前，怔怔地望着奥斯丁的《傲慢与偏见》，仿佛看到伊丽莎白微笑着向我走来，她开朗而自信，目光里含着调侃与讥讽。她的身后，是英国景色秀丽的乡间小镇……我释然而笑：阅读，为了在纷繁的世上诗意地栖居。

【精彩片段】

她开始领悟到，达西无论在性情还是才能方面，都是一个最适合她的男人。他的见解和脾气虽然与她不同，但一定会让她称心如意。这个结合对双方都有好处：女方大方活泼，可以把男方陶冶得心性柔和，举止优雅；男方精明通达，见多识广，定会使女方得到更大裨益。

可惜这起良缘已经不可能实现，天下千千万万的有情人也便无法领教什么是真正的美满姻缘。她们家很快就要缔结一门不同性质的亲事，正是这门亲事葬送了那另一门亲事。

　　她无法想象，威克姆和莉迪亚怎样维持闲居生活。但她不难想象，那种只顾情欲不顾贞操的结合，很难得到久远的幸福。

【经典对白】

　　达西：那是没用的，我的挣扎是徒然的！我必须告诉你，我是多么仰慕和喜爱你！伊丽莎白小姐。我的生命及幸福全在你手上了。自从上星期我离开耐德庄园，都是空虚、无意义的日与夜。我以为可以把你置之脑后，那种喜爱会在衡量判断之下消退，我走在伦敦街上提醒自己，如此婚姻不相称之处及我们之间的阻碍。但那没有用。我不能再挣扎抗拒你了！

《纯真年代》
红玫瑰与白玫瑰

伊迪丝·华顿像19世纪所有上流社会的女子一样，时常穿行于名门望族衣香鬓影之间，但她对这种生活有些厌倦。1882年，18岁的伊迪丝开始发表小说，不为别的，只是为了解闷。

这种不为创作的创作却带来了意外的成功。1905年长篇小说《快乐之家》出版，使她成了20世纪前20年最受欢迎的美国作家。1920年出版的《纯真年代》（译林出版社2002年版）为她赢得了普利策奖。她一共写了19部中长篇小说，出版过11本短篇小说集，还有大量的非小说作品。

她与比她稍早一些的英国女作家简·奥斯丁同属于一类作家：风俗小说家。读伊迪丝的小说，对当时的美国上流社会的生活可略知一二。

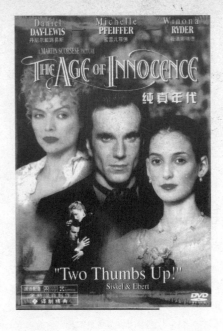

昆德拉有本五六万字的小说《慢》，在《慢》中，昆德拉用一贯调侃的语气，说做爱要品味，生活也要品味。不宜太快，"……太激奋就不够细腻，好事前的种种妙处不及品味就匆匆奔向欢乐……"太快是个宿命的不可避免的错误。

伊迪丝的《纯真年代》展示的就是一个19世纪的"慢"节奏的爱情故事：纽兰·阿切尔与美丽纯情的梅已经订婚，却意想不到地遇到了梅的表姐奥兰斯卡夫人（埃伦），并与她产生了不可抗拒的恋情。

一个人对另一个人意外而惊喜的"发现"，往往会成为相爱的前奏。埃伦最初在阿切尔眼里只是一个从丈夫身边"逃走"的女人，名声并不太好。到第8章节，他从埃伦身上"发现"了一种"美的神秘力量"，并且充满一种自觉的力量，比他所见的上流社会的女人们都要纯朴！这种落差使阿切尔张开心灵的眼睛，并超越世俗，爱上了埃伦。

梅太完美了，她有着安逸高贵的家庭背景，本人美丽纯洁得无可挑剔，在外人眼里与阿切尔十分"般配"；而埃伦不仅罗敷有夫而且是个"污点女人"——她的衣着修饰和言谈举止，都不太合美国上

流社会的规范，被人指指点点，议论纷纷。

完美的女人总是让男人恐慌，男人爱略带瑕疵的女人，像读一本有缺憾的书，总能从中寻觅，发现，指正，常读常新，并且，能不断地有所"发现"。

如果说梅是淡雅高贵的白玫瑰，那么埃伦便是绚烂热烈的红玫瑰。遇到埃伦以前，阿切尔一直行驶在一条平静的河上，航向既定；遇到埃伦以后，阿切尔发现，生活中充满未知的激情。

当男人深爱上一个女人，他会因女人而重新审视他的生活甚至重新演绎他的生命流程；然而当女人深爱上一个男人，但这份感情根本"不可能"时，女人会毫不犹豫地采取各种方式逃避——爱他，所以放弃他——不是不勇敢，是爱得太深。甚至，更为极端的，会因而毁掉自己。

其实是无奈而悲情的遭遇：拉拉遭遇了日瓦戈，安娜·卡列尼娜遭遇了渥伦斯基，弗朗西丝卡遭遇了罗伯特·金凯……

1993年，美国的马丁·西科塞斯将伊迪丝的《纯真年代》改编成同名电影。导演异常忠实于原著，几乎原封不动地将原著搬上了银幕，电影表现细腻但缺乏高潮。不过奢华的布景和演员服饰，将19世纪美国上流社会生活再现得十分逼真——如果你有兴趣，你大可以像算计张曼玉在《花样年华》里换多少旗袍一样，细数米歇尔或薇诺娜换了多少件华丽长裙。丹尼尔·戴·刘易斯（饰阿切尔）在《布拉格之恋》中四处猎艳，在此戏里却慧眼独具，一心一意追求纯真的爱情。性感影星米歇尔·菲佛饰奥兰斯卡夫人，而好莱坞的"玉女"影星薇诺娜·赖德饰演梅——完美无瑕的梅，薇诺娜以其出色表演而获得奥斯卡最佳女配角奖。

薇诺娜根本不用表演，她本人即是一个像梅一样外表清纯、性格温顺的女人。只是这种完美也带给她一段惨痛的人生经历。她的男友约翰尼（饰演过剪刀手爱德华）是个放荡不羁的人：酗酒、吸毒、打架斗殴。最主要的是，约翰尼根本不相信他和薇诺娜之间单纯的关系。

由于没有耸人听闻的消息可报道，跟踪他们的狗仔队只好编造"新闻"：薇诺娜怀孕、约翰尼抛弃了薇诺娜、薇诺娜和约翰尼秘密结婚……

这种状况持续了4年。薇诺娜非常苦恼，约翰尼竭力安慰她，想使她平静下来："让我来告诉你为什么：因为你太完美了，你身上找不到肮脏的东西。这很可笑是吗?这个世界上，纯洁完美的人反而令人怀疑……"

和约翰尼分手，使薇诺娜摧肝裂胆。为了减轻伤痛，她开始喝酒麻醉自己。1991年她自愿去精神病院求诊。但是接连5天在精神病院和真正的精神病患者近距离的分组治疗，使她彻底精神崩溃……

所谓爱情。

所谓爱情，有时也意味着伤害。如把握着手中之沙，攥得越

紧，失去得越快。

忽然理解了小说的结尾。30多年后，梅已经去世，独身的阿切尔突然被儿子拉着去看望从欧洲回来的埃伦。已经走到埃伦公寓楼下的阿切尔坐在凳子上，望着那个带凉棚的阳台，拒绝上楼去会近在咫尺的昔日恋人。"由于害怕真实的影子会失去其最后的清晰，他呆在座位上一动不动。时间一分钟接一分钟地流过。在渐趋浓重的暮色里，他在凳子上坐了许久，目光一直没有离开那个阳台。终于，一道灯光从窗口照射出来，过了一会儿，一名男仆来到阳台上，收起凉棚，关了百叶窗。"

"这时，纽兰·阿切尔像见到了等候的信号似的，慢慢站起身来，一个人朝旅馆的方向走了回去。"

阿切尔将埃伦尘封在记忆里，她仍像30多年前一样，孤独地站在防波堤尽头，在灰蒙蒙的福特·亚当斯城堡远处，拉长的落日碎裂成千万个火团；那光辉映红了一只从石灰崖与海滨的夹道中驶出的独桅船船帆。

当年，阿切尔即在埃伦身后不远处，他想，如果在帆船越过石灰崖上那盏灯之前她不转过身来，他立刻就走。

阿切尔等待着，直到船尾与岛上最后一块礁石之间出现一道很宽的闪闪发光的水域，埃伦依然纹丝未动。

其实埃伦知道阿切尔在自己身后等待着。她也在等待着——如

果阿切尔走过来，一切将会改变。

许多故事，在等待中改写，在等待中错过。

志摩有首诗：我是天空里的一片云，/偶尔投影在你的波心，/——你不必讶异，/更无须欢喜——/在转瞬间消灭了踪影。//你我相逢在黑夜的海上，/你有你的 我有我的方向；/你记得也好，/最好你忘掉，/在这交会时互放的光亮!

【精彩片段】

他知道他失落了一件东西：生命的花朵。不过现在他认为那是非常难以企及的事，为此而牢骚满腹不啻因为抽彩抓不到头奖而苦恼。彩票千千万万，头奖却只有一个，机缘分明一直与他作对。当他想到埃伦·奥兰斯卡的时候心情是平静的、超脱的，就像人们想到书中或电影里爱慕的人物那样。他所失落的一切都会聚在她的幻影里，这幻影尽管依稀缥缈，却阻止他去想念别的女人。他属于人们所说的忠诚丈夫……他们多年的共同生活向他证明，只要婚姻能维持双方责任的尊严，即使它是一种枯燥的责任，也无关紧要。失去了责任的尊严，婚姻就仅仅是一场丑恶欲望的斗争。回首往事，他尊重自己的过去，同时也为之痛心。说到底，旧的生活方式也有它好的一面。

【经典对白】

阿切尔：我几乎把你给忘了。

埃伦：几乎把我给忘了？

阿切尔：每回你都带给我全新的感受。

埃伦：我知道，我也有相同的感受。

阿切尔：我们不能再这样耗下去了。

埃伦：我们必须面对现实。

阿切尔：我要跟你长相厮守。

埃伦：我不能嫁给你的。难道让我当你的情妇？

阿切尔：我要带你远走高飞，到一个没有妻妾之分的地方。

埃伦：亲爱的，什么地方？你去过吗？到哪儿能逃过良心的谴责？

阿切尔：我不在乎。

埃伦：你不是这种人。你从未离经叛道过。而我却是过来人。我了解那种感受，我们是不能结合的。

《紫颜色》
姊妹花，在绝望中绽放

14岁的黑人女孩西丽，被后父强奸后生了两个孩子。她的母亲不明真相，病加气而死。女孩被迫嫁给一个她不喜欢的男人，女孩从不叫男人的名字，而称呼他"某某先生"。男人也从不拿她当人，只是因为他的孩子们需要一个照看他们的女人。西丽还有一个妹妹耐蒂，又被后父和"某某先生"觊觎，走投无路，逃了出去。妹妹临走时哭喊着：只要我活着，我一定给你写信！

美国黑人女作家、女权主义者艾丽丝·沃克的小说《紫颜色》（译林出版社1998年版），讲述的是美国佐治亚州黑人姊妹从小被分开，若干年后又团聚的故事，主要是姐姐西丽的经历。1983年，它获得美国国家图书奖和普利策奖。

几年前，因为要跟该书的翻译者、北大西语系

的陶洁女士约稿，所以阅读了这本小说，读了遥远的国度里发生的遥远的故事。不清楚自己是怎样将这样的故事读完的。书中充满暴力、悲辛、痛苦和绝望的故事直接打痛了我。这本书由西丽写给上帝的信以及西丽写给耐蒂的信组成，是一本书信体小说。小说的开始，就是14岁的黑人女孩西丽，以稚气而虔诚的口吻给"上帝"写信——她的心思不能跟人讲，只能说给上帝听——女孩不明白什么是怀孕，不明白自己身上究竟发生了什么事情。她不知道自己生的两个孩子最终到哪里去了，她不知道后父为什么将她嫁给粗暴冷漠的某某先生……

优秀的书籍还原了生活，但生活的原色其实并不那么美好。"生命是一袭华美的袍，爬满了蚤子。"20世纪的中国女作家张爱玲，如此尖刻地叩击生命中可怖的真实。无论在美国还是在中国，也无论是20世纪还是21世纪，《紫颜色》中的故事总在不同时空中发生：男人对女人的压制，男人与女人的无法沟通，男人和女人不对等的爱……

男人和女人——这是一个跨越时空的永恒的话题。西丽和某某先生在一起时，只体会到作为女人的自卑。某某先生经常抽打她，她痛，于是，她将自己想象成一棵树，她在感受一棵树的疼痛。西丽一直想念她不知所终的妹妹，而某某先生数十年如一日地将耐蒂写给西丽的信藏起来，让西丽在绝望的等待中度日如年。某某先生也有柔情的一面，他将病重的歌女莎格接到家中养病，原来她是他深爱的情人。西丽悉心照顾着莎格，将她

从死亡边缘拉回，两人成为无话不谈的知心朋友。从莎格身上西丽看到了另一种人生，一种张扬而蓬勃的人生，一种富于女性魅力的激越人生；莎格启发善良的西丽要反抗，最终，莎格带着西丽离开了某某先生。西丽开了一家缝纫店，开始独立的生活。

女权主义者也有软弱的一面。艾丽丝·沃克设计了一个虽充满人情味却让人失望的小说结尾：某某先生终于悔悟，与西丽成为朋友。这个结局倒是好莱坞式的，喜剧得很荒诞，远没斯皮尔伯格的电影改编得出色：西丽的妹妹带着西丽的一双子女从非洲返回美国，穿过大片大片紫色的野花与姐姐团聚。苦尽甘来的喜悦，绽放在历经苦难、劫后重逢的姊妹俩的脸上。某某先生牵着马遥遥相望，周围是金黄的田野，整个色调是暖色的。西丽与某某先生擦肩而过，是前嫌尽释，还是各有所思？影片没做进一步的阐释，但观片人的心却暖和起来。

不是所有成功的商业娱乐片导演都能拍好严肃的人文艺术片。斯皮尔伯格将《紫颜色》改编成电影《紫色》时（又译《紫色姊妹花》，1985年），已是以《大白鲨》、《第三类接触》、《外星人》等蜚声影坛的名导。但1986年的那届奥斯卡，却给斯皮尔伯格开了个天大的玩笑：《紫色》获得了10项大奖的提名，成为历届奥斯卡中获提名最多的一个影片，但最终却一个奖项也没拿到！斯皮尔伯格和《紫色》的制片人没有出席为获得提名者安排的午宴，并且拒绝为当年的最佳男主角颁奖。

《紫色》成了斯皮尔伯格心中的痛，但它捧红了黑人女影星乌比·戈德堡。乌比·戈德堡是在纽约曼哈顿的贫民区长大的野孩子，从来没有接受过正式的高等教育。乌比的早年生活充满艰辛。她领过社会福利金，打过各种杂工，甚至做过为尸体整容的工作。那时她是一个地道的穷鬼，满口粗话，一文不名，没有固定职业到处游荡。但是生活的困苦并未磨灭她的梦想与追求，凭着一股坚忍顽强的力量，她孤身进军好莱坞。《紫色》是她初涉影坛的第一部影片，但是她娴熟的演技让世界震惊。其貌不扬的乌比是个很自信的人，为得到西丽这个角色，曾三番五次毫不气馁地给斯皮尔伯格写信；而《紫色》使她获得了奥斯卡最佳女主角的提名，成了她通向成功的起跑线。在接下来的《人鬼情未了》中，她捧回了奥斯卡最佳女配角奖，风头盖过女主角黛米·摩尔，开始了她辉煌的演艺生涯。

捧起书，便想起影片开头和结尾的那一大片美丽得让人晕眩的紫花，想起乌比狂野而绚烂的笑。

【精彩片段】

上帝为我干了哪些事？我说。

她叫了一声：西丽！好像她很吃惊。他给了你生命、健康的身体，还有一个到死也爱你的好女人。

是啊，我说，她还给我一个被私刑处死的爸爸，一个疯妈妈，一个卑鄙的浑蛋后爹，还有一个我这辈子也许永远见不着的妹妹。反正，我说，我一直向他祈祷、给他写信的那个上帝是个男

人。他干的事和所有我认识的男人一样，他无聊、健忘、卑鄙。

她说，西丽小姐，你最好住住嘴别说了。上帝也许会听见的。

让他听见好了，我说，我告诉你，要是他肯听听可怜的黑女人的话，天下早就不是现在这个样子了。

【经典对白】

莎格：西丽跟我们一起走。

某某先生：什么？你说什么？

莎格：西丽要跟我们一起去曼菲斯。

某某先生：除非我死了！

莎格：你一定要这样吗？这就是你所要的吗？

某某先生：（对西丽）嘿，你又是怎么回事？

西丽：你是个低级、肮脏的狗东西，这就是问题的所在。是该我离开你的时候了，进入上帝的高贵人生。你死了是庆祝我脱离的喜讯……你从我身边赶走我妹妹耐蒂，你知道她是这世上惟一爱我的人。但耐蒂和我的孩子就要回来了！当我们聚首时，我们将会一起收拾你！

某某先生：耐蒂和你的小孩？女人，你在说什么风凉话？！

西丽：我有孩子，我的孩子住在非洲，非洲！学习不同的语言，新鲜的空气，充分的运动。他们比你养的这些笨蛋要强得多了！……我诅咒你，除非你好好地待我！否则你的一切都将破灭。

《情人》

穿越时空的耳语

越南，湄公河的轮渡上。

女孩15岁半，穿着快磨破的真丝衣衫，开领很低，腰间扎一条皮带，脚上穿一双廉价的带镶金边的鞋，头上戴顶玫瑰木色的男帽，梳两条印第安女人那样的辫子，脸上敷粉，涂了暗红色的口红，孤零零地站在甲板上，那顶男帽使她显得与众不同。

男人乘坐黑色利穆新汽车，风度翩翩，穿着浅色柞绸西装，吸英国纸烟。他注意到这个戴着男帽和穿着镶金条带鞋的少女，胆怯地，和她答话，问她是否抽烟。然后一再说，她很美，是个美丽的白人姑娘，说她这么美，戴什么帽子都可以。男人请女孩搭乘他的车，送她回沙沥的寄宿学校。男人是中国人。中国阔少。

　　男人最终将女孩带进一间晦暗的、有百叶窗的公寓，焦糖的味道一直传到屋里来，还有炒花生、广味的稀粥、烤肉、草药、茉莉花、尘土、烧香、木炭火等等一类东西的味道。男人的皮肤透出丝绸的气息，带柞丝绸的果香味，黄金的气息，有一种五色缤纷的温馨。

　　城市的声音近在咫尺，是那样近，以至在百叶窗木条上的摩擦声都听得清。声音听起来仿佛从房间里穿行过去似的。她在这声音的流动之中爱抚他。如大海的汇集，远远退去，又急急卷回，如此往复不已。

　　她要求他再来一次，再来再来。他那样做了。实际上那是置人于死命的。那是要死人的。

　　他轻声地对她说：将来你一生都会记得这个下午。尽管你甚至会忘记我的面容，忘记我的姓名。

　　女孩走出公寓时，发现自己老了，突然之间变老了。

　　是什么样的情感，会让女子在一瞬间老去啊！真的会有这样的事情？——有的。有的。我相信。

　　玛格丽特·杜拉斯的叙述轻若耳语，却弥漫着让人发疯的气息和悲怆的张力。

　　这注定是一场没有结局的恋情。男人遵父命娶妻，女孩随母回到法国，像两条各自流淌的河流，朝既定的方向流去。

　　但所有的河流终究会在大海汇集。

大半个世纪过去了，女子经历了几次婚姻，写书，衰老，然后某天，电话里她听到一个男人的声音。他是胆怯的，和过去一样，突然间，他的声音打颤了，他对她说，和过去一样，他依然爱她，他根本不能不爱她，他说他爱她将一直爱到他死。

杜拉斯是一个传奇哦。15岁时如泣如诉的耳语仍能穿透时空抵达70岁的杜拉斯的笔底，她的叙述有时语无伦次，充满狂乱与激情。初恋是最难忘的，对杜拉斯也不例外。虽然杜拉斯一生有过许多情人，但这段爱情在她的心目中占有特殊的地位。她曾说："他使我生命中的其他爱情黯然失色，包括那些公开的和夫妻之间的爱。在这种爱情中，甚至有种在肉体上也取之不尽的东西。"

时间能尘封住什么？在一个秋日午后，我从《情人》（上海译文出版社1998年版，王道乾译。该书在1984年获得龚古尔文学奖，被译成43种文字在全世界发行）的字里行间，清晰地嗅到了那个男人的皮肤透出的丝绸的气息，带柞丝绸的果香味，黄金的气息，我看到那戴男帽的女孩悲怆绝望的眼神。

来吧，她说，再来一次。哦，我不能停止和你肌肤相亲……

看过一张杜拉斯老年的照片，面部在酒精与岁月的侵蚀下已然老态龙钟，但她却有一双像少女一样纤细性感的小腿。1991年，78岁的杜拉斯在闻知她的中国情人去世之后，黯然神伤。她把她与中国情人半个多世纪前的恋情故事再写了一遍，这就是《来自中国北方的情人》。

　　1991年，法国导演让－雅克·阿诺将《情人》搬上了银幕。眼神细腻的香港影帝梁家辉和青春曼妙的英国姑娘简·玛什演绎了这段经典的爱情。扮演晚年作家的让娜·莫罗，更以历尽沧桑的画外音，把风烛残年女作家的内心世界活化到令人过目不忘的地步。如果说杜拉斯的文字是饱含深情、疯狂而又肆无忌惮，那么电影语言则伤感而唯美。导演在西贡重建当时楼宇民居，重修道路，移植花木，还从美国买来老式邮轮，再现20世纪30年代浓郁的法国殖民地印度支那风情。影片节奏舒缓，宁静平和。白色、黄色的运用，温暖暧昧，奔涌着疯狂激烈、凄婉悲绝的感情暗流。梁家辉和玛什完美的裸体在那间有百叶窗的房间里纠缠着，梁家辉的眼神颓废迷离。光与影，嘈杂与宁静，渴望与绝望，激情与无情，绚烂与沉寂……

　　想起了扬——杜拉斯生命中最后的也是陪伴她最久的一个情人——曾经是一个同性恋者，热爱杜拉斯到无以复加的地步。他不断给她写信，然后搬到她的家里照顾她，当时杜拉斯已酗酒到了无法自制的地步，扬使她远离了酒精的侵袭，恢复写作的能力。于是，70高龄的杜拉斯在情人扬的怀里，写下了这部怀念另一个情人的不朽之作。杜拉斯去世后，扬也随之悄然失踪，仿佛一根飘逝的苇草，与杜拉斯演绎完一场堪称"经典"的爱情之后，他的生命的热度也随之消失……

　　"一本打开的书也是漫漫长夜。"（杜拉斯语）阅读《情人》，有种沉溺其中的感觉。可我真的不能独自在这漫漫长夜中穿行。秋日午后，

燃根烟，缓缓地合上《情人》，合上一段难以言传的被灼痛的心情。

【精彩片段】

　　我已经上了年纪，有一天，在一处公共场所的大厅里，有个男人朝我走过来。他在做了一番自我介绍之后对我说："我始终认识您。大家都说您年轻的时候很漂亮，而我是想告诉您，依我看来，您现在比年轻的时候更漂亮，您从前那张少女的面孔远不如今天这副被毁坏的容颜更使我喜欢。"

【经典对白】

　　（画外音）他就在那儿，远远地坐在车后，那隐约可见的身影纹风不动地，心如粉碎。她倚着船栏，像初次遇见，她知他是望着自己的，她也看着他。其实她已看不见他，但她仍望向那黑色的车影，终于她再也看不见什么。先是港湾渐远，然后陆地不见。一晚，在横渡印度洋时，在主仓的大厅内，忽然飘来肖邦的华尔兹舞曲，当时丝毫的风也没有，乐曲传遍了全船的每一个角落，像天堂与某些不明事物的联系，又像上帝颁下的命令。其意思是不可思议的。她哭了，因为她想到那男人，她的情人，突然她不再肯定是否爱过他，那种她从未见过的爱，因为它早已在故事中消失。像沙中的水，在这晚的乐声中消失。

《时时刻刻》
遭遇生命的激流

她们时时刻刻地凝视，

凝视相隔空间的世界，

凝视跨越时光的彼此，

去生去爱，哪怕死亡也阻挡不了，

——在这一时，在每一刻。

　　银手镯，现在是凌晨三点半，我已经连续3天在凌晨醒来，再也无法入睡。身体慵懒头脑却很清醒，我该怎么办？

　　我很累，真的想睡，可就是无法再次入眠。无论昨天我睡得多晚，到了凌晨，我总会按时醒来，很疲惫。

　　眼睛很累。或许因为前些日子一直在网上听你的故事，你的故事总叫我悬心，我已当你为一个未见过面的朋友，我的妹妹。你说你要从湖南去山东，见你的网友，他。你说你已经不能自拔。我想知道

你们见面后会怎样。

已经一个星期没有你的消息，银手镯，你在我的QQ上沉默着，这是我和你惟一的联系方式，7天不见，你失踪了？

听别人的秘密很累人，银手镯，所以，我从不打听别人的事情。直到你出现。你加我为好友，我们从聊书与碟开始，你忍不住向我倾诉，倾诉你的网事。你说你别无他人可以诉说，惟有我———一个未曾谋面的陌生人，你的故事可以讲给我听。

被动地听，后来主动地听，后来为你担心，仿佛你的事情就是我的事情。

我们年龄相仿，有家，有孩子；我们情感相通，都渴望平凡的日子里有些不平凡的事情发生。

你很动情地跟我讲他的时候，你的先生在客厅，你5岁的儿子在你身边。但他们无法阻挡你对他鲜活的思念，你说，如果所有的办法都行不通，你只有……

我惊骇，惊骇于你的认真，惊骇于你对自己的不断追问：我活得好吗？我的生活到底有什么意义？我是否一直这样活下去？

你说遇到他以后，这个追问鬼魅一样跟随你叩击你，逼得你不知所措，难以呼吸。

无法入睡，银手镯，我再也不会交你这样的网友，叫我如此悬心！

于是翻开《时时刻刻》（译林出版社2003年版），阅读能带来睡

眠，那最好。银手镯，如果你在网上，我会向你推荐这本小说，还有，根据这本小说改编的电影。这本书正适合你的心境。

结构上乘的小说宛如线条绝佳的女人，让人一睹难忘。美国作家迈克尔·坎宁安的长篇小说《时时刻刻》，即如一个好身材的美女，小说将三位不同时空的女性的心灵世界，展现于某个清晨沉重的追问。

女人的心灵世界，宛如月光下迷蒙的湖，透过湖水，隐约显现摇曳的水草，光与影交错中的游鱼，色彩斑斓的鹅卵石和一波波涌荡的水纹，那个世界似乎很美很平静，但很神秘，而且，不可测度。

伍尔夫就拥有这样一片神秘、丰饶但绝不平静的心灵世界，那片世界属于她自己。

迈克尔·坎宁安最初并未听说过弗吉尼亚·伍尔夫。他在图书馆寻找伍尔夫书籍的时候，见到的第一本便是《达洛卫夫人》。他当时并不理解书里讲了些什么，但却惊讶地记住了那深刻、均匀、音乐般的句子。

受《达洛卫夫人》的启发，1998年迈克尔写成了这部小说：THE HOURS（与《达洛卫夫人》原名一样），中译名《时时刻刻》（也有译为《丽影萍踪》、《岁月如歌》）。这部小说精彩绝伦，出版后立刻获得了当年"笔会/福克纳小说奖"，第二年又获得普利策奖。

这是一部对伍尔夫遥遥致意的小说，是对《达洛卫夫人》文本

所作的一次礼赞。

小说讲述了三个女人的故事，她们虽然处于不同的时空，却都渴求更有意义的生活。除了各自的恐惧与渴望，把她们联系起来的还有这个名字：达洛卫夫人。这三个女人在某一天的清晨，都面对着她们生命中难以跨越的激流。

弗吉尼亚·伍尔夫，住在20世纪20年代的伦敦郊区布鲁姆斯伯利，正在写她那部超乎寻常的小说《达洛卫夫人》(Mrs. Dalloway)，被写作的天才燃烧的同时，游走在疯狂的边缘。

劳拉·布朗，一个生活在二战末期的洛杉矶的家庭主妇，清晨，坐在床上阅读《达洛卫夫人》，这本书使她对自己选择的生活产生怀疑。那天她正在准备丈夫的生日蛋糕，肚子里有他们的第二个孩子，她却和伍尔夫笔下的达洛卫夫人一样，萌生了自杀的念头。

克拉丽萨·沃甘，女编辑，居住在20世纪90年代的纽约，她深爱她的朋友理查德，一个才华横溢、却因艾滋病而濒死的诗人。她准备给理查德举办一个宴会，而理查德将在那天跳楼死去。理查德叫她"达洛卫夫人"，因为她和达洛卫夫人的名字一样，都是克拉丽萨。

三个女人在清晨起来，都对生存的意义产生了怀疑，她们的灵魂深处都存在一种濒于崩溃的终极情感，一个摒弃了男人的神秘花园，三个女人都如同烈火焚身一般奔突着，寻觅着灵魂的出口。

你像不甘于平庸生活的劳拉·布朗，银手镯。电影中的劳拉孤

独地躺在房间里，在自杀与生存之间徘徊不定，她感觉仿佛有水漫上来，漫上来，淹没她，叫她窒息——是一成不变的生活叫她感觉窒息。你也怀疑自己的生存意义，你告诉我，这种怀疑像痛苦的藤蔓，生长，壮大，纠缠着你改变着你，促使你用另一种眼光，打量你的生活，并渐渐地将你从熟悉的圈子里疏离出去。总有一天它会扭转你的生活轨迹，并且颠覆你。

　　实际上它正在颠覆你的生活，银手镯。我无法猜测，这7天，你都做了什么——你可能做了许多事情，也可能什么都没做。你的一生可能就此改变，也可能，见到他以后你大失所望，然后，一如劳拉，回到原来的生活之中……

　　2002年，美国派拉蒙公司、米拉麦克斯公司联合将《时时刻刻》搬上银幕，完全遵照小说的走向与构架，对白极其简练，内容却叫人沉重。妮可·基德曼饰演伍尔夫，忧郁、神经质，这个女性主义作家，最终没有渡过她生命中的那段激流，她走向泛着金光的湍流深处，以直白的姿态向生命谢幕。梅丽尔·斯特里普饰演的克拉丽萨·沃甘和朱丽安·摩尔饰演的劳拉·布朗，平静快乐的表象下，深藏着不安与焦灼。

　　你会喜欢它的音乐。

　　作为极简主义现代音乐的代表人物，菲利浦·格拉斯的电影配乐堪称"极简"：使用尽量少的音符循环、重复、层叠出丰富的音乐。

电影的开头，伍尔夫走进一条河流，水流湍急，音乐淙淙，那条河成为影片的一个隐喻，而那不断反复的流水般的音乐，贯穿了影片始终，将三个不同时代女人的一天勾连在一起。

那音乐真的棒极了！而迈克尔·坎宁安恰巧是格拉斯的乐迷，他写这部小说时，耳里听的是格拉斯，心里飘浮的也是格拉斯那反反复复、绵延不绝的曲调。那种沉重至极反倒轻盈起来的基调，流淌着潜意识下的生命的无尽时刻。

如果，你看过这本书和这张碟，银手镯，你一定会有所启悟，并且，珍惜自己！

手边还有一本《达洛卫夫人》（上海译文出版社1997年版），是几年前想读伍尔夫，遍寻不着，打扰一个朋友才得以了却心愿的。翻一翻，里面还夹着一张赠书者手书的字条。字条写于1月9日，不知是哪年的1月9日了。几年后再见这位赠书的朋友，已是形同陌路。

女人的生命由于男人的介入而丰富，因为男人的出局而完整。——说得很好，在某一刻，男人不是我们生活的必需。

银手镯，我像记挂我一样记挂着你。可是，你或许根本就不存在，是一个梦，并且，这个梦也失了踪……

你叫我沉重。我决定不再担心你。我改掉风起水间的网名，改成手中之沙，或者，黑暗中的舞者……再见面（如果能再见面），我

会装着不认得你，叫你和你的故事随风而去。

【精彩片段】

她（指劳拉）心想，人在死时会感到极度舒服，极度自由，就这么离开而已，就这么对众人说，我过不下去了，你们不明白，我不想再努力了。她觉得死亡蕴含着一种可怕的美，仿佛清晨的冰原或沙漠一般。她似乎可以走进那种地方，将他们——她的孩子、丈夫、基蒂、父母等所有的人统统抛下，留在这破碎的世界里（这世界再也不会变得完整和洁净），让他们互相诉说，或对任何问起的人说：我们以为她没事，以为她的悲伤也不过如此。我们也不知道是怎么回事。

【经典对白】

伍尔夫：亲爱的，我觉得非常沮丧。我以为我这次可以克服。我离婚了，这样就可以集中精力了。我现在正在做过去没有做过的事……你给了我前所未有的快乐。没有人能像这样，我知道我让你的生命陷入困境，它正是这样。你会的，我知道。你知道吗？我无法将它记录下来。我们度过了生命中最开心的日子。对吗？你对我真的很耐心，我会永远记住你的好的！所有的事，开心、生气，我都不能忘记。我不能再陪伴你度过漫漫此生，我不认为会有人比我们更快乐……

《十八春》
细节的张力

20世纪上半叶的上海，在张爱玲的眼里繁华而鲜活，但底色却颓废而暗淡，繁华背后，总是缠绵着阴冷和哀伤。擅写沧桑红尘的张爱玲，笔底的爱情故事总是千疮百孔，像一个美丽而苍凉的手势。读张爱玲，如同与幽深古井里的一双冷峻的明眸蓦然相对，刹那间一股水汽从你的心底升起，进而上涌，叫你的眼睛湿润。

《十八春》创作于1951年，彼时，《沉香屑》、《倾城之恋》、《金锁记》等已经绚烂绽放于文坛；胡兰成的背弃使张爱玲的内心如

一朵张扬蓬勃的花突然"萎谢了"。历尽世事，《十八春》的笔调铅华洗尽，成熟隽永，张爱玲张弛自如、不急不徐地叙述着俗世男女波折起伏的爱情故事。

18年前，许世钧（黎明饰）和顾曼桢（吴倩莲饰）相识并相爱了。一个是南京商人家的儿子，一个是上海弄堂里的女儿，像任何一对尘世男女，他们的爱情平凡普通，弥散着爱的喜悦和幸福……

喜欢拾捡小说中的细节，那些枝蔓丛生的小细节生动而细腻，沿着故事攀缘而上。相识之初，那个冬日的雨夜，世钧打着手电沿着泥泞的田垄去荒郊野外寻找曼桢丢失的红手套，找到后的惊喜与归还时的窘迫，将一个初涉情事的男子的内心活灵活现。多年以后，世钧想起曼桢丢手套时怅惘的神情，仍然怀念："曼桢这些地方近于琐碎而小气……曼桢有这么个脾气，一样东西一旦属于她了，她总是越看越好，以为它是世界上最好的……他知道，因为他曾是属于她的。"

是什么能叫人记一生一世、多年以后回想起来仍然怅惘不已？应该是类似于找手套之类的细节吧！你以为那些往事早已随风而逝，其实并没有——那些与往事有关的细节深藏不露，若有若无，一旦被激活便排山倒海呼啸而来。

于是，往昔的一切席卷而至，叫你猝不及防。你被啃噬得伤痕累累，或者，被幸福得天旋地转，然后，它们退却、安静、潜伏，但你此生注定已被它们掳获，不知道它们何时会再次突奔而至，啃噬

你，挫伤你，打痛你，或者，愉悦你……

失去细节的人生该是多么乏味，失去细节的滚滚红尘还会有什么值得怀想？

在细节中很容易读出一个人的性格来。世钧在曼桢的小屋里看着她补袜子，他在房间里踱来踱去，走过她身边，很想俯下身在她颈项上吻一下。但是他当然没有这样做。他只摸摸她的头发。而曼桢却因这一个小小的动作，扎住了自己的手，冒出血珠子来……世钧的平和谨慎，让曼桢既放心又不放心。她心里明白，世钧对她是一往情深的，但遇到阻碍，他或许会退缩。

在张爱玲的小说世界里行走往往会感到彻骨的寒冷，而在《十八春》前十章里，却总有一些暖人的小细节。曼桢去南京见世钧的父母，两个人围着火盆吃荸荠，曼桢太冷，世钧找了一件自己的旧绒线衫披在她的身上。他非常喜欢她穿着这件绒线衫的姿态，在微明的火边对坐着，心满意足地看着她，然后，给她戴上那枚不太贵的红宝石戒指……

我的心一定是潮润了，因为我的眼睛开始模糊。想着张爱玲一定也曾向往俗世的生活，她在构思这个细节时，一定曾被它深深地感动过！

他们的爱情在一些小纷扰小误会中发展着，如果一直这样下去，他们会结婚、生子，像别人一样细数着柴米油盐过日子。但张爱玲决不会编排这样一个平淡无奇的故事。鲁迅说：所谓悲剧，就是将

有价值的东西毁灭给人看。如果说爱情是一只精美而易碎的瓷器，张爱玲偏要冷酷地打破瓷器叫人看它的碎片——

曼桢一家一直靠着她那个做舞女的姐姐曼璐（梅艳芳饰）生活，曼璐嫁给做投机生意的祝鸿才（葛优饰）。祝鸿才暴富后成天在外面鬼混。为了留住丈夫的心，曼璐将妹妹拉进这团污浊的漩涡，一夜之间曼桢的命运发生了突变。曼桢被姐姐禁锢在豪华的大屋里长达一年，怀孕，生子。世钧对这令人扼腕的变故却一无所知，加之两人之间有一些误会，生性平和的世钧竟然以为曼桢另有所爱嫁与他人！

一段姻缘就这样错过了，一晃就是18年！18年中，世钧娶了一个他不爱的女人，曼桢嫁给了一个毁了她一生的男人。18年后，两人再度相遇，曼桢隐忍地微笑着，轻轻一句"世钧，我们都回不去了"，那哀痛便锥心般地逼将过来。

恍若隔世。时间磨蚀了一切，使人麻木，不再反抗，不再渴望。

20世纪60年代，张爱玲改掉《十八春》政治性的结尾，将小说更名为《半生缘》。1997年上映的电影《半生缘》即改编自这本小说。

台湾导演许鞍华深谙张爱玲作品的精髓（此前她曾将张爱玲的《倾城之恋》搬上银幕），尊重原著的精神，婉转备至地演绎了这场黯然迷离的爱情故事。她很少采用宽阔的取景空间。旧上海的阁楼，老式的电车车厢，暗而长的过道……狭小的取景造就了自始至终的被困压的感觉，这一点正可包容了故事中人物的所有特征：纷乱中的平静，

被压抑后的循规蹈矩，没有大悲亦没有大喜的灰色心绪。在这样的环境中，所有的喜怒哀乐也都被克制在很小的限度里，绝对无法张扬。

影片始终都是泛黄的色彩，像遭受风吹雨打洇湿的故纸片，浓浓的怀旧的特质，让人陡生恍苦隔世之感。

许鞍华对细节的镜头处理沉郁而从容。影片开头，在幽暗深长的厂子过道里，一点灯光若明若暗，世钧和曼桢遥相走来，然后漠然地擦肩而过，各自走向走道的尽头，暗示着两人并不光明的前景和最终错过的爱情。世钧面无表情地沉入回忆中时，车窗外的夜景一叠叠地在玻璃上流过，遥远、低沉、空洞的画外音在一旁响起："我想每个人一生总有一些故事可以去回忆，就像我跟曼桢。"

当世钧被曼璐欺骗，心灰意冷地离去时，被囚禁的曼桢正痛苦地背对明窗，窗外的世钧踽踽而行，两人竟是无缘相会，咫尺天涯……这正是张爱玲笔底苍凉而冰冷的浮世绘。

吴倩莲怎么也算不上美丽，一张窄窄的瓜子脸上一双细溜溜的丹凤眼，但看着很顺眼。所饰演的曼桢气质如莲，素净、含蓄，在黎明充满爱意的目光里摇曳着，传递着一种世俗的温馨与幸福，遭遇变故后则转为内敛的哀伤与痛楚……20世纪30年代的上海弄堂女子，或许正是这个样子吧。

想起影片中，曼桢和世钧第一次在一起吃饭的一个细节，那时两人还不太熟悉，曼桢很细心地拿水洗了洗不太干净的筷子，顺便将

世钧的也洗了洗。这个小小的细节，家常，平和，温暖，是一个很吉祥的预兆。平常的生活中少有大事件发生，惟细节丝丝蔓蔓纠缠不清，承载平凡人生的喜悦与哀痛。

一生中能记起的，也就是这些细节了——他很自然地捡你剩的饭吃，攥紧你的手过马路，给你买一只冰淇淋怕化掉了飞快地跑上楼……

怎么也忘不了小说的开头："日子过得真快——尤其对于中年以后的人，十年八年都好像是指缝间的事。可是对于年轻人，三年五载就可以是一生一世。他和曼桢从认识到分手，不过几年的工夫，这几年里面却经过这么许多事情，仿佛把生老病死一切的哀乐都经历到了。"

三两句话，一生一世就轻轻带过。而一生一世的事情，错了，就再也改不过来。

【精彩片段】

曼桢拿起一张菜单来当扇子扇，世钧忽然注意到她手上有很深的一条疤痕，这是从前没有的。他带笑问道："咦，你这是怎么的？"他不明白她为什么忽然脸上罩上了一层阴影。

她低下头去看了看她那只手。是玻璃划伤的。就是那天夜

里，在祝家，她大声叫喊着没有人应，急得把玻璃窗砸碎了，所以把手割破了。

　　那时候一直想着有朝一日见到世钧，要把这些事情全告诉他，也曾经屡次在梦中告诉他过，做到那样的梦，每回都是哭醒了的，醒来还是呜呜咽咽地流眼泪。现在她真的在这儿讲给他听了，却是用最平淡的口吻，因为已经是那么些年前的事了。她对他叙述着的时候，心里还又想着，他的一生一直是很平静的吧，像这一类阴惨离奇的事情，他能不能感觉到它的真实性呢？世钧起初显得很惊异，后来却脸上一点表情也没有，只是很苍白。他默默地听着，然后很突然地伸过手去，紧紧握住她那有疤痕的手。

【经典对白】

　　曼桢：你送戒指给我的那晚，说有个秘密要告诉我，你现在可以说了。

　　世钧：说什么都没用了。你跟我说过，你那件棉袄背后破了，回到学校要靠到墙边站，不想让人看到。我听了很难过，我跟自己说，结了婚我要一辈子照顾你，让你开心。让我想想，应该怎么办……

　　曼桢：能够见面已经很好了，世钧，我们不能再回头了……

《简·爱》

让往事在倾听中苏醒

怎样记忆一段往事呢？用什么去记忆一个人、一座城市，抑或——一段岁月？很简单，一段音乐，一句台词，一句话，一个眼神，都会引领你穿越时空回到过去。

20世纪80年代初期，在那座小城里，尚且没有电视，没有巧克力，没有钢琴、小提琴，家里最奢侈的物件，是红灯牌收音机连同一台唱片机。最幸福的事，是坐在夏日暗夜里，乘着凉，痴痴地听完一整部电影录音剪辑。听得多了，有一些便会背："你以为我穷，不好看就没有感情吗？我也会的。如果上帝赋予我财富和美貌，我一定要使你难以离开我就像现在我难以离开你……""简，我爱你，我爱你！……你的怀疑折磨着我，答应吧，答应吧！"

石榴树下流萤在飞，明明灭灭；北斗七星钉在幽蓝

的天幕上，清晰可辨。偶尔有蒲扇摇动驱蚊，蟋蟀总是在吃吃低鸣。

那年夏天的雨水特别多。终于有一天，院子里的那堵泥土老墙被雨水冲塌，墙那边的院子进入我的视野。那个院落也种着石榴树和各种花儿，粉红的蔷薇开得极茂盛。

那家有三个孩子。老大比我大三岁，读高三。他性格沉静，浓密的头发微微卷曲，笑起来带着腼腆。眼睛很漂亮，因为有点近视，说话时很专注地看着你。毛茸茸的胡须刚从下巴上探出头，浅浅的，很蓬勃。

因为书的原因，我们玩到了一块。开始，我们交换书看，之后，交换杂志，交换唱片，交换花种，交换零食……我发现了爱读书的伙伴，那感觉如同一种稀有动物找到了自己的同类，真的让人欣喜若狂。我们在一起听陈志的电吉他独奏，听《往日重现》和《重归苏莲托》……那个夏季在雨、花和音乐的气息里茁壮成长着。

往往，这边开着收音机听电影录音剪辑，那边也跟着听。

夏夜，配音演员邱岳峰极端磁性的声音，连同石榴树叶的甜香，镌刻进我十几岁的年华。

几年以后读大学，才开始借阅这本文学经典。但阅读总是被往

昔的声音纷扰，大段大段的对白随时可以从字里行间里涌起。英国女作家夏绿蒂·勃朗特的名著，竟以这种方式在我的心里落了根。

其实，那个年代，许多影迷都会背诵《简·爱》的对白。英国导演德尔伯特·曼20世纪70年代初拍竣的这部影片，在英国并无太大的反响，在中国却被众多影迷追捧，正是因了邱岳峰迷人的声音。

读大学时正流行戴尔·卡耐基的书，一本《人性的弱点》在学生中日渐风行。那时励志类图书远没有今天这样丰富，卡耐基关于性格与命运的说法新鲜而且有指导意义。于是，熄灯之前，我们宿舍的女生们躺在床上，用卡耐基的学说，阐释简·爱为什么会成为一个"成功女性"。

小A一向沉默寡言，彼时却出语惊人：假若简·爱不嫁给罗切斯特，她会脱离贫穷的生活吗？假若罗切斯特是个穷人，简·爱还会爱他吗？即使宏伟的桑菲尔德府邸被焚，罗切斯特也算不上穷人，他还有芬丁的庄园，还是绝对的有产者，还是有很强的吸引力。而圣约翰除了宗教的狂热还有什么？简·爱当然不会选择他而选择罗切斯特！何况，选择了罗切斯特，等于同时拥有了金钱和爱情。"反正，我会首先选择金钱其次选择爱情！"小A说。

这是我第一次听到关于婚姻与爱情的惊人言论，之前，只知道爱情是风花雪月如画如诗，是不顾及对方门第财富的纯粹。小A，正是由于她这段话，十几年后我仍记得她。

在金钱和爱情不能两全的情况下，小A其实是毫不犹豫地选择了

爱情。男孩是本校英俊的物理系高材生，两人毕业后都回到县城做教师，顺理成章地结婚、生子，日子过得波澜不惊。精明强干的小A早提拔成副校长，而他还是一般教师，并且淡泊宁静，"不思进取"。小A成了家里的经济支柱和精神支柱，这样的支撑叫小A负担得很累。

两年前，偶然听人讲起小A，说她正处于婚姻的危险期……

爱一个人是没有原因的，而不爱一个人却可以有许多理由。

到了不再盲从的年龄，又觉得当年的那份热情很纯真，值得回忆。于是，又记起了卧谈爱情的岁月，那些值得用声音识记的日子，一片片，如风中落叶，在记忆深处飘飞。

其实，当年叫人记起的不只有《简·爱》中邱岳峰配音的罗切斯特，还有《虎口脱险》中尚华配音的正直幽默的指挥家，《佐罗》中童自荣配音的侠盗佐罗，毕克《追捕》中配音的检察官杜丘，乔榛《斯巴达克斯》中配音的霸气内敛的克拉苏……

手头有本人民文学插图本的《简·爱》，吴钧燮译，插图精美得无可挑剔。前些日子再翻翻，却找不到最初阅读的激情。

倒是淘来两张不同版本的《简·爱》碟片，一张是1944年的"芳登版"，罗伯特史蒂文森导演，金发美女琼芳登和影界"鬼才"奥森威尔斯主演，前者是1941年奥斯卡奖最佳女主角，后者在26岁即执导并主演过划时代的巨作《公民凯恩》；另一张是1971年的"英国版"，苏珊娜·约克和乔治·斯科特主演。邱岳峰配音的即是这个版本。这个版本弥足珍贵，因为

它诞生于"文革"，那时的邱岳峰是批斗对象，家里有7口人，住14平方米的小屋，每天他要亲自骑着自行车去菜场买菜，讨价还价。那样感人的声音居然能穿透那个苦难的岁月，抵达人们的心底。真的匪夷所思！

将1971年版的《简·爱》放进碟机，捕捉那熟悉得不能再熟悉的对白——

罗切斯特：你有。你还哭了？你看，眼泪从睫毛上滑下来了。

罗切斯特：（语调黯然）啊，表示生活是无味的。

罗切斯特：上帝饶恕我！别让任何人干扰我！她是我的！我的！

罗切斯特：好吧，伯莎，我们今天做什么？我给你弹弹琴、唱歌；我们坐一起听你讲讲你的黄金时代？我睡着的时候，你把我的头抱在怀里……好吗？……好吗？！

罗切斯特：你，到底出来了。你一个人关在屋里苦着自己，一句责怪的话也没有？没有！用这个来惩罚我？我不是有心要这样儿伤你，你相信吗？我说什么也不会伤你！我只能这样！要全都告诉你，我就会失去你，那我还不如死了！

……

那个萤火虫飞舞的夏夜，男孩腼腆的微笑，石榴树叶的甜香，浪漫的电吉他独奏……在邱岳峰沧桑的声音中渐渐苏醒，渐渐走近，渐渐清晰。

【精彩片段】

好一个沉静、炎热而地道的白昼！好一个一望无际的荒原所形成的金黄的沙漠啊！到处阳光普照。但愿我能生活在这儿，并且靠这儿生活。我看见一条蜥蜴爬过岩石。我望见一只蜜蜂在甜甜的越橘中间忙忙碌碌。我此刻真愿意成为一只蜜蜂或者蜥蜴，以便能在这儿找到合适的食物和永久的安身之地。然后我是个人，有人的种种需要，我绝不能在没有什么可以满足的地方逗留下去。我站起身来，回顾一下我刚离开的床。对前途毫无指望，我一心只愿昨夜我的造物主认为应当乘我入睡时把我灵魂收回去，而我这个疲乏的身躯被死亡解脱出来，不必再去与命运搏斗，现在只消等着静静地腐烂掉，顺顺当当地与这片荒原的泥土搅和在一起就行了。然而，生命，连同它的一切需求、苦难和责任，却仍旧留在我的身上。重担还得挑下去，需要还得满足，痛苦还得忍受，责任还得去尽。我出发了。

【经典对白】

简：你以为我穷，不好看就没有感情吗？我也会的。如果上帝赋予我财富和美貌，我一定要使你难以离开我就像现在我难以离开你。上帝没有这样，我们的精神是同等的！就如同你跟我经过坟墓将同样地站在上帝面前！

观碟：生命的独舞（后记）

我的夜再也容不下白日的喧嚣。当夜幕降临，我在这一面，世界在遥远的另一面。

昏暗的灯下，打开电脑，抽烟，看碟。灯光碟影，碟里的故事很香浓，很鲜活，与沉沉的夜色交融，与袅袅的烟雾交融，似真似幻，物我皆忘。你会被那些眼神穿透，被那些情节震撼，被那些故事击痛，所有的感叹渐渐在心底凝固——却无人可以分享，那感受只能属于你。

微笑，蹙眉，轻叹，流泪……观碟，原是生命的独舞。

当剧终的字幕随着音乐缓缓上行，总会有些什么在你的心底沉淀，比如——那些女人和男人的眼神。

那些女人的眼神，在黑夜里流浪，你想搁起它，抚慰它，它却倏忽即逝，无法把握。

阿佳妮诠释的卡米耶的眼神。从平和转而疯狂，一个女人的一生，在阿佳妮的眼神里如火一样熊熊燃烧，渐渐熄灭——那疯狂得叫人心碎的眼神。

金斯基演绎的苔丝的眼神。从纯净转而绝望，一个女人的命运，在金斯基的眼神里如水一样汹涌澎湃，渐渐冰冻——那绝望得叫人神伤的眼神。

还有那些男人的眼神，在黑夜里游荡，你想触摸它，解读它，它却转瞬不见，无从寻找。

丹尼尔·戴·刘易斯的眼神。一个男人怎能拥有那样狡黠放荡而忧郁的眼神，他的眼神不仅迷倒了音影世界里的特蕾莎、萨宾拉等众多女性，还掳获了现实中的诺薇拉、阿佳妮这些倾城倾国的美女。

劳伦斯·奥立佛忧郁的眼神。男人的忧郁是一杯酒，女人最好不要深饮。浅浅一啜是享受，深深一饮会迷醉；而迷醉在男人眼神里的女人，再也走不出那幽深的九曲回肠。像费雯·丽，那个"乱世佳人"，迷醉在"复仇王子"劳伦斯·奥立佛忧郁的眼神里，一醉20年，最终几近精神崩溃。

可奥立佛却使她的生命焕发出异彩。是被烈火焚毁，还是在烈焰中重生？费雯·丽在生命的终了，仍毫不悔恨地说，如果能重新拥有生命，她还会做一名女演员，还会嫁给奥立佛。

那些男人和女人的眼神，穿越时空向你凝视。你被那些眼神打动，希望能抓住它，于是你回放、定格、拷贝、存盘。但你永远无法复制的，是匆匆而逝的心情。

读碟时的心情。看每张碟时都有不同的心情，或者，每张碟都带给我不同的心情。我被故事感染，抑或，我感染了故事。

《庭院中的女人》、《十八春》这样的影片叫我思念江南。江南多情的雨和缠绵的风总飘然出现在我的梦里，叫我神思不安。退思园里的那棵百年广玉兰，我曾仰望冬日里它疏朗的枝叶，抚摸它身上的疤结……曼桢从上海的弄堂里款款走来，轻声细语：有什么能叫人记一生一世呢？惟有这些生命中的细枝末节吧。

观碟，原也是一个人对于生命细节的梳理，对于尘世鲜活经历的诠释，是踩着一个人的节拍的独舞。这种独舞有时很是销蚀观碟者的生命激情，当你随着它或激昂或消沉时，你已被俘获，只能无奈地跟着故事浮沉。

那是一种智力的拷量和情感的消耗。

同时也是智力的印证和情感的充盈。

看过无数的碟片，最追捧的，还是宫崎峻的动画片。画面之美不可言说，所以，本书中没有一篇涉及动画片。宫崎骏的动画片洋溢着狂放的想象和青春的活力与浪漫，传递着生命达观与蕴藉。当我感觉生之沉重时，会看一看《龙猫》、《小魔女速递》或《天空之城》，给自己来一次透彻的清洗。我的手机短信提示音是《千与千寻》的主题音乐，柔美俏皮的铃声，有一段时间却叫我心惊肉跳。于是，换成另一种声音……

后来还是换回《千与千寻》，实在太喜欢了，不，是太爱了。

喜欢观碟，因为可以清晰地说出"我爱"——我爱阿尔·帕西诺，我爱刘易斯，我爱克拉克·盖博，我爱宫崎骏，我爱基努·里维斯……可是在尘世生活中，面对你爱的人或物，这个词会在心里转几圈，涌至口边，最后还是面红耳赤地咽回肚里。

经常"在路上"。所以会在出差时抽空去观看新片，看《卧虎藏龙》在北京，看《大腕》在青岛，看《寻枪》在无锡，看《十面埋伏》在上海，看《千机变》在杭州……有一次从电影的开始到结束，惊奇地发现整场只我一个观众！

会在不同的城市搜求喜欢的碟片，《教父》是从冰天雪地的哈尔滨带回来的。那是参加一个会议，我独自离会，在大街上游逛，寻着音乐找到一家大的音像超市，一阵狂喜——这家超市将盗版碟公开来卖！扒来扒去，没找到特别心仪的碟，还是买了套《教父》，我喜欢马龙·白兰度，更喜欢阿尔·帕西诺。无以表达那种淘碟的惬意，于是点根烟，倚在路边，看烟雾在凛冽的空气里升腾，看姑娘们哈着热气匆匆而行……

依然抽烟——在烟雾中看碟，在碟中读人生，在人生中独舞……

图书在版编目（CIP）数据

谁使我怦然心动：一个白领女人的经典书碟之旅/疏朗
著.—上海：东方出版中心,2005.9
ISBN 7－80186－359－3

Ⅰ.谁…　Ⅱ.疏…　Ⅲ.①散文－作品集－中国－当代
②随笔－作品集－中国－当代　Ⅳ.I267

中国版本图书馆 CIP 数据核字（2005）第 087676 号

谁使我怦然心动

出版发行：东方出版中心
地　　址：上海市仙霞路 345 号
电　　话：62417400
邮政编码：200336
经　　销：新华书店上海发行所
印　　刷：昆山亭林印刷有限责任公司
开　　本：889×1194 毫米 1/32
字　　数：106 千
印　　张：6
版　　次：2005 年 9 月第 1 版第 1 次印刷
ISBN 7－80186－359－3
定　　价：19.00 元